Christel CLOT

LA CHÂTELAINE

© 2022, Christel CLOT
Édition : BoD - Books on Demand, info@bod.fr
Impression : BoD - Books on Demand,
In de Tarpen 42, Norderstedt (Allemagne)
Impression à la demande
ISBN : 978-2-3224-4378-9
Dépôt légal : Août 2022

À ma famille qui continue de me soutenir dans cette aventure, à mes amis, à ma communauté Instagram, je vous remercie sincèrement, vous m'êtes précieux.
J'adresse un clin d'œil tout particulièrement à l'un de mes artistes préférés Ulrich FORMAN (Polérik ROUVIÈRE), merci à lui d'avoir accepté que son Nom soit cité dans LA CHÂTELAINE.

Le bonheur n'est jamais acquis indéfiniment.

Stéphanie a atteint son principal objectif, habiter dans un magnifique château du quinzième siècle. Sa vie lui semble parfaite, un emploi indépendant gratifiant, un époux aimant et deux filles épanouies.
Seulement voilà, depuis quelques temps, elle se sent malade, des symptômes étranges, inhabituels.
Mais que lui arrive-t-il ?
Rien n'est vraiment parfait en fin de compte.

Voici l'histoire de *La Châtelaine.*

1

NOUS

La nuit est tombée depuis plusieurs heures déjà. La galerie marchande se vide peu à peu, il est temps de fermer ma boutique.
Je possède un magasin de prêt à porter dédié uniquement aux femmes.
Vous avez une soirée chic, c'est chez moi qu'il faut venir.
Je vends des robes de soirée, des tailleurs jupes et pantalons, des chemisiers assortis ainsi que toutes sortes d'accessoires pour agrémenter votre tenue : foulards, ceintures, collants, sacs et chapeaux. L'ensemble est sophistiqué et élégant qui peut également convenir pour une tenue professionnelle.
Je suis devenue la référence à Nantes et alentours pour toutes les femmes de la haute société.
Ce samedi a été bénéfique en ce mois de décembre. Il faut dire que Noël approche à grand pas, suivi par le jour de l'an. Deux évènements qui me permettent d'obtenir une

marge nette vraiment intéressante, l'une des meilleures de l'année d'ailleurs.

Ma vendeuse est présente à temps partiel. Elle est chargée de l'ouverture de la boutique du mardi au samedi à neuf heures trente, et moi, de la fermeture à vingt heures. Je préfère ainsi, cela me permet de contrôler le stock et la caisse avant de partir.

Après toutes les vérifications, je baisse enfin le rideau. Je m'engage dans l'allée principale de la galerie marchande en direction du parking souterrain, la plupart des magasins sont déjà fermés.

L'agent de sécurité me salue comme à son accoutumé, en retour, je lui souhaite un agréable week-end.

Le parking souterrain me paraît sinistre et froid, j'ai hâte d'être dans ma voiture. Il est temps de rentrer chez moi.

J'ai environ cinquante-six kilomètres entre mon lieu professionnel et mon domicile, un magnifique château du quinzième siècle.

Avec mon époux, Cédric, nous l'avons acquis il y a maintenant dix ans.

Un rêve en commun, mais également, une opportunité à ne pas manquer.

Je m'engage sur la route de Paris, j'emprunte la porte de La Beaujoire, puis le périphérique, deux sorties plus loin me voici à Ponchâteau Est.

J'arrive enfin devant mon petit royaume où m'attend ma famille : Cédric, la quarantaine, élancé, blond aux yeux bleus, mesurant un mètre quatre-vingt ; Érine, ma fille aînée, la vingtaine, identique à son père, elle me dépasse du haut de ses cent soixante-douze centimètres ; et Sandrine, la vingtaine également. Notre petite dernière me ressemble un peu plus, blonde cendrée aux yeux verts de taille moyenne.

Je me gare dans la cour principale face à l'entrée, devant ce grand mur en pierre de deux étages ornés de lierre, et de ses deux tours à chaque extrémité.

Si je tourne la tête, je vois dans la pénombre le magnifique parc arboré de ses arbres centenaires, il est clôturé par une barrière blanche en bois. En son centre, il y a un plan d'eau où les chevaux aiment pâturer. Nous en avons deux, Lamiral et Lucky.

La propriété possède presque deux hectares de terre répartis autour du château. Il y a des parcelles entièrement boisées à l'arrière, le parc arboré à l'avant, notre grande terrasse engazonnée à sa droite à l'abri de tout regard donnant accès à la piscine, le verger et le potager qui sont délimités par un muret en pierre sèche d'antan.

À l'arrière se trouve l'entrée dédiée aux employés du Château et aux dépendances (cuisine, buanderie, caves et logement de fonction).

Coté route, disons plutôt, côté chemin, oui, il s'agit plus d'un chemin que d'une route, un escalier permet d'accéder à l'étage mais nous l'avons à moitié condamné.

En effet, la porte s'ouvre uniquement de l'intérieur en cas d'urgence, il s'agit d'une issue de secours.

J'aime contempler ce lieu empli d'histoire.

J'imagine, juste en fermant les yeux, la vie du Château au quinzième siècle.

Je détache ma ceinture de sécurité, je sors de ma voiture. Mes talons craquent sur le gravier, je remonte le col de mon manteau, il fait vraiment froid ce soir. La lumière extérieure de la porte d'entrée principale s'allume.

J'emprunte les trois marches en pierres blanches, j'ouvre la porte aux petits carreaux vitrés, celle qui se situe à gauche, à côté de la première tour, la chaleur des lieux m'enveloppe.
Toutes nos portes extérieurs et nos fenêtres sont peintes de couleur rouille.
Je me sens en sécurité, je ne saurai vous dire pourquoi.
Pourtant, la surface habitable est immense, sept cents mètres carrés, plus de vingt pièces réparties autour de la cour intérieure.
Un château perdu au bout d'un chemin dans les bois, mon Château, notre Château.
J'entends les voix si familières au loin. Je quitte mes talons, je les range dans le meuble en bois massif de l'entrée. J'enlève mon manteau, je le dépose sur le porte-manteau assorti. J'enfile mes charentaises et mon gilet en laine tricoté main. C'est toujours le même rituel quotidien, j'aime cette routine.
L'entrée est spacieuse avec son meuble à chaussure à droite et son porte-manteau à côté, le tapis aux motifs d'antan au centre, une console assortie à gauche où je dépose mon sac et mes clés. Son haut plafond orné de poutres

apparentes où est suspendu un majestueux lustre en cuivre à six branches qui illumine la pièce grâce à ses luminaires ressemblant à des bougies.

Dans l'angle gauche de l'entrée, il y a la première tour. Vous pouvez accéder à l'étage grâce aux escaliers en colimaçon, plus particulièrement aux chambres des filles. Il y a exactement les mêmes escaliers dans la deuxième tour à l'autre extrémité du Château.

J'entends des pas lourds arriver vers moi.

C'est Beethoven ! Notre labrador blanc âgé de sept ans. Il est toujours le premier à m'accueillir. Il sait qu'il n'a pas le droit de me sauter dessus, ni de me lécher, je déteste cela. Ne me demandez pas pourquoi, je ne saurai vous répondre, mais je l'aime malgré tout.

Je me penche vers lui pour le caresser, il est tellement beau mon bébé.

— Comment vas-tu mon Beethoven ? lui murmuré-je au creux de l'oreille.

Il me regarde avec douceur, la langue pendante, la queue remuante. Je ressens son amour, son dévouement. Comment ne pas aimer Beethoven ?

C'est impossible.

— Allez mon grand, nous allons rejoindre les autres.

Il me suit au pas.

Nous traversons ensemble la salle à manger plus spacieuse que l'entrée avec sa grande table en chêne massif et ses six chaises assorties. Je remarque que la table est débarrassée, ils ont fini de souper.

L'impressionnant bahut spécialement fabriqué pour la pièce trône fièrement contre le mur face aux deux fenêtres qui laissent entrapercevoir le parc.

J'aime m'assoir le regard tournait vers l'une de ses ouvertures lors des repas.

Deux grandes plantes vertes se dressent en toute élégance de chaque côté du bahut. Il y a également quelques décorations par-ci par-là posées sur des petites consoles, une cheminée d'époque où grésille de temps en temps un petit feu.

Une desserte pour accueillir les plats cuisinés et les maintenir au chaud est adossée contre le mur donnant sur la pièce suivante, le grand salon.

Les voix s'accentuent clairement, j'arrive à reconnaître chacune d'elle.

Nous entrons dans le grand salon.

J'adore mon grand salon d'environ quarante mètres carrés qui donne sur la cour d'entrée et la terrasse engazonnée.

En forme de L, la pièce est lumineuse avec ses multiples ouvertures vers l'extérieur.

Nous avons installé dans l'angle un bar du même style que la salle à manger ainsi qu'une mini cave à vins et un mini frigo. Vous trouverez toutes sortes de boissons fraiches.

L'avantage de cette pièce, nous pouvons accéder à l'étage supérieur où se situe la partie nuit grâce à la deuxième montée d'escaliers.

Après le bar, le salon se dévoile dans toute sa splendeur, plusieurs fauteuils et canapés modernes de couleur saumon sont positionnés devant la cheminée et l'écran plat fixé au mur.

De nombreux plaids sont posés de toute part de la pièce. J'aime m'envelopper dans l'un d'entre eux.

Toutes les pièces du Château ont une cheminée. Nous avons préféré les laisser d'origine sauf pour le grand salon.

Nous avons opté pour un style moderne et design. Un bloc carré gris moucheté de légers points blancs avec son insert au centre. La table basse est dans les mêmes teintes que la cheminée, elle est posée sur un tapis à trois couleurs, gris, blanc et saumon, style contemporain.

L'ensemble est cohérent, chaleureux, il donne envie de se prélasser au creux d'une des assises devant le feu de bois crépitant.

Beethoven a son panier juste à côté de la cheminé, à droite plus précisément, et Kalia...

Ah oui, je ne vous ai pas encore parler d'elle.

Une chartreuse grise aux yeux verts âgée de quatre ans.

Donc, Kalia possède aussi son panier à côté du feu mais du côté gauche.

Ma petite famille est au complet, chacun assis devant la cheminée, un verre à la main.

Ce tableau me plait bien, l'image de la famille parfaite.

Ils se lèvent pour m'accueillir.

Beethoven va se louver dans son panier, Kalia redresse à peine la tête puis se rendort comme si de rien n'était.

Je serre dans mes bras chacune de mes filles qui sont arrivées dans l'après-midi.

Érine, l'ainée, fait des études de médecine à Nantes, elle rentre chez nous un week-end sur deux et parfois, la moitié des vacances.

Quant à Sandrine, elle a choisi une spécialisation Design d'espace, plus particulièrement la décoration d'intérieur, son cursus est à Nantes également. Du coup, elle partage un appartement avec sa sœur en centre-ville.

Sandrine vient plus souvent au Château, la plupart des week-ends. Il faut dire qu'elle est totalement différente d'Érine. Plus discrète, les sorties et la fête, ce n'est pas trop son truc. Mais surtout, je soupçonne Érine d'avoir un petit ami, ce qui expliquerait l'envie de rester seule à l'appartement.

Je m'approche de Cédric pour lui déposer un baiser sur ses lèvres.

Nous sommes mariés depuis tant d'années. Nous avons parcouru tellement de chemin ensemble que je ne conçois pas ma vie sans lui. Tout le monde reprend sa place initiale, je m'installe dans mon fauteuil préféré près du feu.

— Veux-tu boire un verre ? me propose Cédric.

Je décline gentiment.

— Non merci. Comment s'est passée votre semaine les filles ?

— Bien, répondirent-elles toutes les deux en même temps.

Elles se regardent et éclatent de rires. C'est si spontané !

— Et toi Maman ? me demande Érine.

— Comme d'habitude, hormis que j'ai eu beaucoup de clientes aujourd'hui, mais c'est normal, avec les fêtes qui approchent.

— En parlant de fête, j'ai quelque chose à vous demander. Est-ce que mon petit ami peut venir pour le repas de Noël ? nous questionne Érine avec un brin de gêne dans le ton de sa voix.

J'en étais certaine !

Je regarde Cédric qui paraît complètement désappointé. Lui, il ne s'y attendait pas du tout. Après un instant de stupeur, il lui répond.

— Oui mais je préférerai que tu nous le présentes avant tout de même.

— Pourquoi pas demain après-midi ? Je préparerai un gâteau pour l'occasion, dis-je enjouée.

Je sens tous les regards se tourner vers moi, comme si je venais de dire quelque chose d'incroyable.

Cédric acquise après un instant d'hésitation. Érine envoie un sms à son petit ami qui répond dans l'instantanée.

Voilà, c'est accepté, demain nous rencontrerons le chéri de notre aînée.

Après avoir échangé quelques nouvelles, je décide de me retirer.

— Je monte me coucher, bonne nuit à tous.
— Je te rejoins dans quelques minutes, me répond Cédric.

Je suis lasse, je gravis les marches en pierres qui mènent à mon espace nuit, une grande chambre à coucher style Louis XIV.

Une bonne douche me fera du bien avant de me glisser sous la couette.

Kalia me suit de près. Certes, elle ne m'accueille pas quand je rentre, mais dès qu'il s'agit d'un bon lit douillet, là, elle vient.

Beethoven reste en bas, l'étage lui est interdit. Au début, c'était compliqué mais désormais, il connaît les règles et les respectent sans problème.

Demain, c'est le jour du Seigneur, certes nous n'allons pas à la messe tous les dimanches mais des Châtelains se doivent d'être chrétien.

Du moins, je crois en Dieu et en son fils Jésus Christ. D'ailleurs, dans ma chambre orne un tableau de Jésus accroché au-dessus de l'entête du lit. Il est beau, étincellent, représenté sous sa forme ressuscitée. Une peinture signée Reno. J'ai la sensation qu'il me protège chaque nuit.
Me voici prête à dormir.
Je ferme les volets des deux fenêtres de la pièce. L'une donne sur le parc, l'autre sur la terrasse engazonnée.
Je m'endors sans attendre Cédric, les bras de Morphée m'accompagnent dans le monde des songes en un instant.

2

DIMANCHE

Je m'éveille doucement, les bruits familiers extérieurs se font entendre de plus en plus. J'ouvre les yeux, le jour est bien levé. Cédric dort paisiblement, il est tourné vers moi. Je l'observe, il paraît si serein. Est-il en train de rêver ? Très certainement.
Kalia est allongée au creux de mes jambes, c'est son petit rituel. Je ne sais pas si elle reste vraiment toute la nuit mais il est clair qu'au réveil, elle est là.
Le Château, lui, semble endormi, seule Dame nature s'active.
Je m'étire, Kalia en fait autant. Je pose un pied au sol sur le tapis, j'enfile mes charentaises, ma robe de chambre et je me dirige vers la troisième porte, celle qui mène dans le hall.
Notre chambre est la plus grande, elle possède trois portes, une première qui donne sur les escaliers en colimaçon, la deuxième pour accéder à notre salle de bain et dressing, et la dernière, celle que j'emprunte tous les matins.

Le parquet grince légèrement sous mes pas. Je longe le couloir. Je passe à côté du bureau de Cédric, puis s'ensuit la bibliothèque.

Je descends dans la partie dépendance du Château où se trouve la cuisine pour préparer le petit déjeuner.

Du lundi au vendredi, c'est Édith, notre cuisinière, une petite femme rondelette aux cheveux courts et frisés, qui gère cette pièce. Sauf lorsque nous avons des invités le week-end ou les jours fériés, elle peut être amenée à travailler. Mais la plupart du temps, je lui demande de préparer à l'avance le menu.

La cuisine est une pièce de vingt-trois mètres carrés toute équipée. Une table en sapin positionnée au centre permet l'élaboration de savoureux petits plats. Elle est parementée de deux bancs dans toute sa longueur.

C'est surtout la grande cheminée en pierre de Maître qui reste impressionnante. J'imagine les soupes d'antan, les viandes cuisant à la chaleur du bois… Je suis fascinée par le passé.

Je me dirige vers l'évier, je remplie une carafe d'eau puis j'avance en direction de la cafetière. Voilà, tout est prêt pour laisser couler

lentement le café. Son parfum ambré parfume la pièce. Le Château se réveille peu à peu.
Tiens, d'ailleurs j'entends les gros pas de Beethoven !
Lui aussi à droit à son petit déjeuner.
Parfois nous le prenons tous ensemble dans la salle à manger, parfois simplement dans la cuisine.
Aujourd'hui, j'ai envie de rester posée sur ce banc dans cette pièce emplie d'histoire. Un dimanche parmi tant d'autres...
Un peu plus tard dans la matinée, je préparerai le gâteau pour le goûter. Je pense faire une tarte tatin avec les pommes de notre verger. Ils en restent encore quelques-unes, elles sont entreposées dans la cave attenante.
Il y a également un logement de fonction à coté de cette pièce. Il est destiné à notre couple d'intendants. Jean-Pierre, un homme d'une cinquantaine d'années, maigre, brun et très grand, est chargé de l'extérieur ; son épouse Marie, de taille moyenne, les cheveux châtain clair coupés au carré, s'occupe de l'intérieur, tout particulièrement des pièces à vivre, hormis la cuisine. Elle est accompagnée de deux

employées de maison pour l'aider dans ses tâches quotidiennes.

Joséphine, de taille moyenne, les cheveux bruns toujours attachés en chignon, effectue le service à table et l'entretien du rez-de-chaussée. Sandra, la nouvelle venue, a l'âge de ma fille aînée. Elle est de taille moyenne, mince, les cheveux mi-long blond cendré avec des mèches châtain clair, elle s'occupe uniquement des étages. Lorsque nous recevons des invités à dormir, Joséphine vient en renfort et vis-versa.

Je n'effectue aucunes tâches ménagères, enfin presque. Du moins, je fais le minimum.

Je nettoie les tables et range la vaisselle sale dans le lave-vaisselle, mais surtout, je fais mon lit.

J'ai horreur de dormir dans un lit défait ou mal fait ! Il est important que le drap de dessous soit bien tiré, qu'il n'y ait aucuns plis.

Sandra vient nettoyer uniquement le sol, la salle de bain et les vitres de ma chambre, le reste je m'en charge moi-même.

Je vais vous paraître spéciale mais je déteste l'idée de savoir qu'une employée puisse toucher à mes affaires personnelles.

Je vous avoue que je ne suis pas du tout enchantée par l'arrivée de Sandra.

Cédric a insisté, elle est la nièce d'un de ses clients dont il gère le portefeuille. Il s'est senti obligé, donc, je n'ai guère eu le choix !

Érine prend un malin plaisir à lui donner des ordres. Je doute que Sandra apprécie vraiment cette façon d'agir.

Je pense d'ailleurs qu'il va falloir en discuter ensemble. Il est hors de question qu'il y est une quelconque tension au sein de l'équipe ménagère et ma famille.

Laissons nos aprioris de côté !

Heureusement, Marie est géniale, j'ai une entière confiance en elle.

Jean-Pierre et Marie sont là depuis le début de notre installation, voilà dix ans déjà. Ils travaillaient pour les anciens propriétaires.

Que le temps passe vite...

Cédric est le premier à me rejoindre.

Quel bel homme dans son pyjama noir enveloppé de sa robe de chambre à carreaux ! Je ne m'en lasserai jamais.

— Bonjour Chéri ! As-tu bien dormi ?
— Bonjour Chérie, Oui et toi ?
— Très bien ! Je ne t'ai pas entendu te coucher, lui répondis-je.

— C'est normal, j'ai travaillé un peu tout compte fait. Je pense que je vais galoper ce matin. Le temps n'a pas l'air trop mauvais. Veux-tu te joindre à moi ?

— J'ai des choses à faire ici, en l'occurrence, une tarte pour accueillir le petit ami d'Érine, lui dis-je en souriant.

Il se sert un café et vient s'assoir en face de moi. J'ai sorti les petites viennoiseries d'Édith qu'elle nous a mis de côté. Elle est si attentionnée avec nous, c'est une perle notre cuisinière.

Érine entre dans la pièce toute enjouée, en chantonnant. Elle nous embrasse chacun notre tour avant de prendre place à côté de Cédric. Érine est le portrait craché de son père, les mêmes traits, les mêmes manières. Cédric ne peut absolument pas la renier.

Je suis surprise qu'elle n'ait pas choisi la finance à la place de la médecine pour suivre les traces de Cédric.

Depuis toute petite, elle fait tout avec lui.

Je languis de rencontrer son amoureux. Comment est-il ? Que fait-il dans la vie ? Et sa famille ? Bref, beaucoup de questions envahissent mon esprit.

— Ne prends-tu pas un café ? lui dis-je

— Non, je n'en ai pas envie, je vais juste manger un pain au chocolat et boire un jus d'orange.
— Ne bouge pas, je te sers.
— Merci Maman.
Son téléphone portable à la main, elle se perd dans ses notifications, il n'arrête pas de vibrer. C'est agaçant !
— Je vais galoper un peu, veux-tu te joindre à moi ? demande Cédric à Érine.
— Pourquoi pas...
— Super ! Je monte me préparer.
Au moment où il sort de la cuisine, Sandrine le croise. Elle dépose un baiser sur sa joue puis vient vers moi.
— Bonjour Maman !
— Bonjour ma grande, que veux-tu pour déjeuner ?
— Ne n'inquiète pas, je gère.
Elle se sert un café et s'installe à la place de Cédric.
Sandrine me ressemble un peu plus. Elle a mes cheveux, mes yeux et ma corpulence. Les traits sont mitigés, on retrouve bien Cédric au niveau de la bouche et du nez.
Après quelques échanges sur le déroulement de la journée, Érine se lève.

— Bon, je vais me préparer, à tout à l'heure !
— Que vas-tu faire de ta matinée ? dis-je à Sandrine.
— Je vais étudier un peu, j'ai plusieurs examens la semaine prochaine.
Je reconnais bien ma fille, son avenir professionnel est sa priorité contrairement à Érine qui pourtant est en médecine.
Je la regarde avec fierté.
À ce moment précis, je me dis que j'ai de la chance, un mari aimant, deux filles studieuses et radieuses, un magnifique château, mon Beethoven, ma Kalia, sans oublier nos deux chevaux. Oui, c'est incontestable, j'ai de la chance !
Le petit déjeuner est fini, il est temps de monter s'habiller.
— Quelle tenue vais-je porter ?
Arrivée dans mon dressing, je ne sais que choisir... Une robe en laine avec des collants épais ou un jean et un pull ? Dans tous les cas, c'est dimanche, je ne vais pas porter un tailleur même si cela pourrait être de circonstance puisque nous avons une visite cette après-midi.
Après mainte réflexion, j'opte pour le jean bleu clair et le pull blanc en laine. Je choisis

également un foulard blanc avec des petites fleurs bleu clair rappelant les couleurs de ma tenue. J'agrémente le tout d'un collier de perles blanches et son bracelet assorti.

Je me dirige devant ma coiffeuse style Louis XIV, j'attache mes cheveux en queue de cheval avec un ruban blanc par-dessus l'élastique. Un brin de maquillage, me voici fin prête pour cette nouvelle journée.

J'ai hâte de rencontrer le petit ami d'Érine. Mince, je viens de me rendre compte qu'elle ne nous a pas dit son prénom !

Il ne faut pas que j'oublie de lui demander à midi.

J'ouvre la fenêtre, je secoue la couette et les draps avant de faire le lit. Une fois cette tâche terminée, je referme la fenêtre. Malgré le soleil qui pointe son bout de nez, il fait frisquet dehors, tel un mois de décembre.

Je retourne en cuisine préparer la tarte tatin et voir ce que nous a laissé Édith pour le repas. Elle a l'entière responsabilité de choisir le menu pour nous. Jusqu'à présent, je n'ai jamais été déçue.

Ce sera une salade de haricot vert, un bœuf bourguignon accompagné de son riz basmati (mon préféré), et des crèmes brûlées pour le dessert. Un menu idéal en période d'hiver.

Ma tarte tatin est enfournée dans notre cuisinière, un piano de cuisson avec cinq bruleurs et deux fours, au look rétro traditionnel de couleur noir. Les boutons et les poignets sont en laiton. Sans oublier la hotte du même style qui orne au-dessus.

L'odeur des pommes envahit la pièce, je sens que l'on va se régaler.

Pendant la cuisson, j'en profite pour ranger un peu, vaisselles, table, évier ... J'adore ma cuisine ! Quel plaisir !

La matinée s'achève, je m'active. Je dois mettre la table dans la petite salle à manger. Je charge toute la vaisselle nécessaire pour le dressage sur la desserte à roulette, me voici partie.

Je traverse la salle de réception d'environ quarante mètres carrés avec ses deux grandes tables style Louis XV et ses assises assorties pouvant accueillir une vingtaine de personnes par table. Au plafond orné de poutres apparentes, deux immenses lustres en cuivres pendent majestueusement. Une desserte pour accueillir les plats se situe entre les deux fenêtres qui donnent sur notre terrasse

engazonnée. Diverses plantes disposées par-ci par-là apportent de la couleur et de la vie à l'ensemble ainsi que l'ancienne tapisserie murale chinée dans une brocante représentant une partie de chasse à cheval. La cheminée en pierre sculptée rappelle la grandeur du passé.
Nos convives aiment particulièrement cette pièce digne des seigneurs. Je me plais dans le rôle de la Châtelaine, c'est gratifiant et honorant.
Tous ces regards envieux, ces faux semblants dont la plupart font preuve. Je fais mine de ne rien voir mais j'ai pleinement conscience de leur ressenti.
Et oui, c'est ainsi. L'être humain ne peut s'empêcher de jalouser l'acquis d'autrui.
Néanmoins, il y a des exceptions.
Ma meilleure amie, Ophélie, en l'occurrence. Depuis l'enfance, elle m'a toujours soutenu dans mes choix. Il en est de même pour moi. Je serai toujours à ses côtés, dans les bons et mauvais moments.
J'avance avec ma desserte, j'entre dans le grand salon, puis j'atteins la salle à manger. Sandrine me rejoint, elle vient m'aider. Pendant que nous posons la vaisselle sur la table, Cédric et

Érine montent par le biais de l'entrée principal se changer.

Ils sont dans un état pitoyable ! De la boue jusqu'au genou ! Mais qu'ont-ils donc fait ?

Surement la course, les connaissant, je suis certaine qu'ils se sont défiés.

Cédric réapparait métamorphosé. Il a échangé sa tenue de cavalier boueuse contre un pantalon noire et un sous pull en laine gris avec sa montre Rolex dernier cri qui prône fièrement à son poignet. Je pense qu'il veut clairement montrer sa supériorité au petit ami d'Érine.

Qui peut se payer une telle montre ? Cédric bien sûr !

Il gère le portefeuille de plusieurs milliardaires français et étrangers, c'est un financier hors pair.

Je ne vous cache pas que je suis fière d'être son épouse.

Nous nous installons tous les quatre à table. Je m'assoie face à la fenêtre, j'aime pouvoir entrevoir l'extérieur, Cédric à ma droite.

Nos filles prennent place. Érine face à Cédric et Sandrine devant moi. C'est ainsi, chacun à son emplacement attitré.

Le repas peut commencer.

Cédric et Érine racontent leurs péripéties de la matinée, je ne me suis pas trompée, ils ont bien fait la course.

Je regarde Érine, une multitude de questions fusionnent dans mon esprit.

— Comment se prénomme ton petit ami ?

Elle redresse la tête en ma direction.

— Il s'appelle Sylvain.

La conversation concernant son amoureux est lancée.

Cédric enchaîne naturellement.

— Oui, dis-nous, que fait-il dans la vie ?

— Bon, vu que je sens venir le grand interrogatoire, je vais tout vous dire d'amblé. Alors, Sylvain est étudiant comme moi en médecine sauf qu'il a une année de plus, il est en cinquième année. Son père est chirurgien à Paris et sa mère est secrétaire médicale à Nantes. Oui, ils sont divorcés et Sylvain vit chez sa mère. Voilà !

— Depuis combien de temps le fréquentes-tu ? interroge Cédric.

— Depuis environ deux ans.

Je manque m'étrangler avec un morceau de viande, et vu la tête de Cédric à l'annonce de

cette réponse, je pense qu'il est tout aussi surpris et énervé.
Deux ans !
Certes, je me doutais bien qu'elle fréquentait quelqu'un mais pas depuis deux ans !
— Deux ans ! Et c'est seulement maintenant que tu nous en parles ! Sérieusement !
Le ton de Cédric a clairement changé. Ce que je peux tout à fait comprendre.
— Et Toi Sandrine, je suppose que tu es au courant depuis longtemps ?
Les deux sœurs se regardent avec un air de culpabilité.
— Euh oui, comment veux-tu que je ne sois pas au courant, je vis avec elle.
— De mieux en mieux ! Nos filles nous cachent un amoureux pendant deux ans !
Je pose ma main sur l'avant-bras de Cédric pour lui apporter mon soutien mais également le calmer.
— Je n'ai plus faim ! Je monte dans mon bureau ! dit-il en jetant la serviette sur la table.
Il se lève d'un coup sec et quitte la pièce en me laissant là face à mes deux filles silencieuses, la tête baissée.

J'avoue que je suis tout autant dépitée, mon regard en dit long. Je prends mon dessert que je mange en silence puis je quitte à mon tour la table.

— Débarrassez-moi tout ça, j'ai besoin de m'aérer l'esprit ! dis-je.

Bon, je dois me calmer, une petite balade dans le parc me fera le plus grand bien. J'ai l'obligation en tant que Châtelaine de bien accueillir ce jeune homme, il n'est en rien responsable des cachoteries d'Érine.

Connaissant Cédric, je suis certaine qu'il va emmener Sylvain visiter l'extérieur.

Deux heures plus tard, je me repose sur mon lit depuis environs trente minutes lorsque j'entends un bruit de moteur. Je me dirige à la fenêtre de ma chambre. Une Porsche noire entre dans la propriété, elle ne paraît pas récente mais je la trouve belle. Il est temps pour moi de descendre.

Je vérifie mon apparence dans le miroir, me coiffer devient une nécessité.

J'emprunte l'escalier en colimaçon, me voici directement dans le grand salon.

Érine est déjà dehors. À peine ouvre-t-il sa portière qu'elle lui saute au cou !

Il a l'air très bien, style bcbg, les cheveux brun foncé, grand, svelte.

Ils entrent dans la pièce bras dessus, bras dessous, Érine rayonne.

Cédric est le premier à s'avancer, il lui tend la main pour le saluer.

— Je te présente mon père et ma mère, dit Érine.

C'est à mon tour de lui tendre la main. Je lui adresse un sourire de bienvenue.

Je lui propose de s'assoir sur le canapé avec Érine, Cédric s'installe dans un fauteuil.

Le feu crépite, il réchauffe ainsi l'ambiance, qui, je vous l'avoue, est très tendue. Je propose alors un café ou une autre boisson puis je pars chercher ma fameuse tarte Tatin.

Sandrine m'accompagne.

— Je suis désolée Maman, j'aurai dû t'en parler mais Érine m'a fait promettre de ne rien dire. Elle voulait le faire elle-même. Crois-moi que ce n'était pas du tout évident pour moi. Je suis soulagée aujourd'hui, je n'ai plus de secret pour toi et papa.

— Tu n'es pas responsable des choix de ta sœur, mais la prochaine fois, viens m'en parler. Ne t'inquiète pas, jamais je n'aurais créé un malaise entre Érine et toi. Bon, n'en parlons plus s'il te plaît. Ne gâchons pas cette après-midi, l'ambiance est assez morose comme ça.

Je dépose un baiser sur sa joue, nous retournons retrouver les autres avec deux plateaux, l'un contient le café, le sucre et les tasses ; l'autre, ma tarte qui j'espère sera appréciée, les petites assiettes et les cuillères à dessert.

Comme je le présageais, après le goûter, Cédric emmène bien Sylvain à l'extérieur. Érine reste avec nous, je la sens un peu stressée... Oh combien je la comprends, il va avoir droit à un questionnaire approfondi.

J'en profite pour débarrasser le café, je laisse le reste de tarte au cas où.

L'après-midi passe, les hommes sont revenus. Je ne détecte aucune animosité, c'est bon signe. Une fois Sylvain parti, la journée s'achève dans une ambiance encore un peu tendue, personne ne parle vraiment.

Le diner fini, chacun monte à l'étage. Les filles dans leur chambre respective, Cédric dans son bureau et moi, je range le bas puis je me dirige vers la bibliothèque.

Je m'arrête à la porte du bureau restée entrouverte. Cédric est assis, un verre de whisky à la main, plongé dans ses pensées.
— Veux-tu en parler ?
— Je suis perplexe que notre fille aînée ne nous ait pas parlé de ce jeune homme qui pourtant me semble correcte en tout point de vue.
— Oui, j'ai du mal à assimiler la chose également. Bref... De toute façon, nous n'avons guère le choix que d'accepter.
— Oui ! Bref...
Me voici dans la bibliothèque. Des étagères en merisier couvrent deux murs. La pièce est meublée de deux fauteuils et d'une petite table ronde en bois posé sur un véritable tapis tissé main. L'ensemble est du style Louis-Philippe.
Je vais lire un essai de sociologie, je ne sais pas encore lequel... Voyons voir...
Peut-être LA RECLUSE, le premier livre de Christel CLOT...
Une nouvelle journée s'achève.

3

NOËL

Le grand jour arrive, c'est la veillée de Noël !
Mon magasin est resté ouvert jusqu'à quatorze heures. Comme toutes les années à cette période, il s'agissait essentiellement d'achat de cadeaux de dernière minute : une tenue de soirée, des foulards, des sacs, et même quelques chapeaux.
Je suis heureuse de rentrer dans mon Château.
À cette heure-ci, quinze heures douze, Érine est arrivée avec Sylvain.
Nous ne l'avons pas vu depuis le fameux dimanche. Il est prévu qu'elle passe le réveillon en notre compagnie, et demain matin, elle part avec Sylvain à Paris. C'est la première fois qu'il manquera l'une de mes filles à Noël. J'ai un peu de mal à accepter son absence, mais désormais que sa relation amoureuse est officielle, je n'ai pas trop le choix.
Le grand sapin installé dans l'entrée principal est magnifique avec ses décorations rouges et

blanches. Des petits anges pendent sur les branches avec des pères Noëls et des friandises. L'étoile du berger scintille sur sa pointe, elle nous rappelle toute la symbolique de Noël, la naissance de Jésus Christ. Une crèche prône au sol avec des petites bougies qui seront allumées à la tombée de la nuit.

Nous avons installé également un sapin aux mêmes teintes dans la salle de réception où va se dérouler les festivités de ce soir et demain midi.

Les autres pièces du rez-de-chaussée ont pour seul décoration des branches de Houx fixées sur les contours des cheminées et quelques bougies posées par-ci par-là.

L'ambiance se veut festive pour accueillir tous nos invités.

Parmi eux, il y aura mes parents, mon frère, sa femme et leurs trois enfants, mes deux grand-mères veuves, mes deux oncles et tantes, mes cousins et leur petite famille. Il en est de même pour la famille de Cédric, sa mère, ses trois oncles et leurs familles, sa grand-mère et son grand-père paternels.

D'ailleurs, la mère de Cédric, Catherine, une bourgeoise hautaine de soixante-huit ans, veuve depuis quelques années, est arrivée au Château il y a quelques jours.

Cédric est son fils unique, je vous laisse donc imaginer, il est tout pour elle.

En conséquence, aux yeux de Catherine, je ne le mérite pas. Pourtant, personnellement, j'ai mon propre commerce. Catherine n'a jamais travaillé, c'est grâce à son défunt époux qu'elle continue à mener un train de vie aisée.

Certes, Catherine ne vit pas dans un Château, mais son domaine est digne de son rang.

Nos invités devraient arriver vers dix-neuf heures. Je vais devoir vérifier que tout est prêt.

Certains d'entre eux vont dormir chez nous. Quelques-uns resteront pour le repas de Noël, d'autres partiront demain matin.

Ce soir, nous serons nombreux, plus d'une trentaine de personnes par rapport à demain, seulement une dizaine. C'était le seul moyen pour réunir nos deux familles au complet.

Après avoir rangé mes chaussures, mon manteau et mes clefs, je me dirige vers le grand salon où j'entends les voix familières. Beethoven toujours fidèle compagnon me suit. J'entre dans la pièce, ils sont tous là, Érine et Sylvain vautrés dans le canapé l'un contre l'autre. Catherine une tasse de thé fumante à la main est assise dans mon fauteuil préféré près de la cheminée. Sandrine est debout vers la porte prête à partir. Il ne manque que Cédric, il ne devrait pas tarder à arriver.

Érine et Sylvain se lèvent et s'avancent pour me dire bonjour. Les autres, je les ai vu au petit déjeuné ce matin.

— Juste pour information, vous devrez quitter le salon au plus tard à dix-huit heures pour que Joséphine et Sandra puissent préparer la pièce ! Dis-je.

Je me dirige vers la cuisine, un subtil mélange culinaire éveille mes papilles. Édith s'affaire aux fourneaux, Marie est là également. Cela tombe bien, je voulais la voir.

— Marie, est-ce que les chambres sont prêtes ?
— Normalement oui Madame, je vais vérifier.
— D'accord, je m'en charge. Vous commencerez par préparer l'apéritif dans le grand salon vers dix-huit heures, suivi de la table dans la salle de réception.
— C'est ce que j'avais prévu Madame.

Je n'ai pas croisé Joséphine et Sandra, elles doivent être dans les étages supérieurs.

Normalement, elles ont préparé les trois chambres d'amis qui se situent au-dessus de la cuisine et de l'appartement de fonction ainsi que deux des chambres situées sous les toits au deuxième étage.

Le Château possède sept chambres au premier étage toutes équipées d'une douche, et quatre chambres sous les toits avec deux salles d'eau séparées.

Je monte au premier vérifier les trois pièces prévues pour nos invités. Tout me semble correcte.

Mais où sont donc Joséphine et Sandra. J'entends du bruit à l'étage, j'emprunte l'escalier, Joséphine est en train de finir les lits.

— Sandra n'est pas avec vous ?

— Elle finit les lits des chambres à l'étage inférieur.

Tiens, c'est bizarre, je ne l'ai pas vu.

Je redescends et tends l'oreille. Un bruit léger retentit. Mais où est-elle ?

J'ai l'impression qu'il vient de ma chambre !

Je m'avance en essayant de faire le moins de bruit possible. J'entre. Personne.

Je me dirige vers la porte de la salle de bain et de mon dressing.

J'hallucine !

— Puis-je vous aider ? dis-je d'un ton sec et froid !

Elle sursaute !

Elle laisse tomber ma nouvelle bouteille de parfum Chanel qui s'éclate au sol !

Je remarque que le rideau du dressing est ouvert...

— Euh... Je suis désolée Madame, je vais nettoyer tout ça.

— Que faites-vous ici ? J'ai été claire pourtant ! Personne dans mon espace personnel hormis pour effectuer les tâches ménagères ! À ce que je sache, vous n'avez rien à faire là maintenant ! Nettoyez-moi vite ce foutoir, le prix du parfum sera retenu sur votre salaire.

Je reste dans la pièce jusqu'à ce qu'elle ait fini. Son regard en dit long sur ses pensées mais je n'y prête pas attention.

Je suis la personne qui lui paye son salaire, elle doit respecter les règles !

J'entends une voiture arriver, c'est Cédric. Il va falloir prendre une décision concernant Sandra, il est hors de question que je garde à mon service une employée qui se permet de toucher à mes affaires personnelles !

Je redescends en cuisine en compagnie de Sandra.

— Marie, je dois vous informer que j'ai retrouvé Sandra dans ma salle de bain, elle a cassé l'un de mes parfums préférés. Nous parlerons des sanctions après les fêtes de Noël. C'est inadmissible ! Bref...

Cédric me rejoint, je l'informe de l'incident. Il lance un regard désapprobateur en direction de Sandra mais pas un mot. Rien !

Quant à Sandra, son expression de je-m'en-foutisme et passé à un petit air mielleux.

Je préfère quitter la pièce et monter me changer pour accueillir mes invités comme il se doit. Un bon bain me fera le plus grand bien.

Quelle insolente cette jeune femme ! Oser toucher à mes affaires !

Oser regarder ainsi mon époux !

Quand je pense qu'elle a le même âge qu'Érine, pour qui se prend-t-elle ? Depuis le début le regard de Sandra envers Cédric me dérange. J'ai le sentiment étrange qu'elle le courtise. Nous les femmes, nous ressentons certaines choses comme si nous avions un décodeur dédié aux briseuses de couple.

Je ressens un coup de fatigue, j'ai l'impression que mes jambes vont me lâcher. Ma tête commence à m'élancer, juste au-dessus des yeux. Je n'ai jamais ressenti de telles douleurs auparavant, c'est étonnant.

Me voici dans mon bain moussant bien chaud aux senteurs de roses, rien de tel pour me relaxer.

Cédric entre dans la pièce comme s'il n'y avait pas eu d'incident.

— Regarde ce que j'ai trouvé pour ma mère, me dit-il.

Il me tend une magnifique parure en Or posée sur un coussin de soie rangée dans une boite dorée. Connaissant Catherine, je suis certaine qu'elle va adorer !

Il se penche vers moi pour déposer un doux baiser sur mes lèvres, puis, il se dirige vers la douche italienne.

Je vais rester encore un peu dans ce bien-être que me procure l'eau.

Il est temps de m'habiller. J'enfile ma robe de soirée en satin noir, longue jusqu'au pied. Elle met mon corps en valeur. Je choisis une chaine en Or agrémentée d'une croix, et des boucles d'oreilles identiques. Ma montre ornée de diamants sera parfaite pour habiller mon poignet.

Je laisse mes cheveux libres qui sont légèrement laqués pour apporter tonus et brillance. J'applique une crème à mon visage, puis un fond de teint naturel, un peu de fard à joue, du liner pour souligner mon regard, un fard à paupière couleur or, un ricil noir pour allonger mes cils. Je termine par un rouge à lèvre aux teintes rouge clair.

Je prends mon flacon en verre contenant mon parfum. Je n'en supporte pas le contact directe sur ma peau, cela me provoque des brûlures mais comme je ne peux pas m'en passer, je le vaporise légèrement sur ma robe.

Me voici fin prête !

Cédric apparaît dans un costume noir bien cintré, avec une chemise blanche et une cravate rouge clair pour rappeler l'esprit de Noël. Un peu comme moi avec mon rouge à lèvre.

Nous pouvons descendre tous les deux en cuisine. Nous aimons bien vérifier ensemble les préparatifs de Noël, c'est une sorte de rituel.

Ce soir, ce sera Marie qui restera en cuisine pour réchauffer les plats, et Sandra qui sera en charge du service.

J'espère que tout va bien se passer.
Jean-Pierre, l'intendant et époux de Marie, ratisse l'extérieur. Il guidera les invités pour garer leur véhicule.
Tout est parfaitement synchronisé.
Nous sommes rassurés.
Les festivités peuvent commencer !
Mes filles sont radieuses !
Nos invités arrivent tour à tour. Cédric reste dans l'entrée principale pour les accueillir et moi, je les attends à l'entrée du grand salon. Tout le monde est sur son trente-et-un ! Les hommes en costumes et les femmes en magnifiques robes de soirée, idem pour les enfants.
La lumière des bougies danse dans toutes les pièces. Un fond de musique de chants de Noël traditionnels enveloppe les lieux. Je suis émue ! Tous nos invités sont enfin réunis. Sandra propose des amuse-gueules de toutes sortes, Cédric se charge de servir les boissons. Les enfants courent dans toutes les pièces du rez-de-chaussée, ils ont interdiction de monter à l'étage sans la compagnie d'un adulte.
Je frappe dans mes mains comme une maitresse d'école.

— Votre attention s'il vous plait ! Je vous invite à passer dans la pièce d'à côté pour le repas de la veillée de Noël.

Chacun pose son verre soit sur le bar, ou la table basse ou même sur les diverses consoles qui se trouvent un peu de partout dans la pièce. Exceptionnellement, je ne tiens pas compte de ces comportements inappropriés. Je trouve même qu'il s'agit d'un manque de respect, bref... Les consoles ne sont pas destinées à y déposer des verres ou tout autre type de vaisselle.

Ma petite satisfaction du moment, Sandra va nettoyer pendant que nous dégusterons notre fabuleux repas !

J'indique la place à chacun, du plus jeune au plus âgé. Trois vins sont posés sur les tables pour accompagner les plats selon le goût culinaire des invités.

Je m'installe à la gauche de Cédric, Catherine à sa droite bien évidemment.

Les plats se succèdent, ils sont si savoureux. Je suis fière d'Édith, c'est une perle notre cuisinière. Il n'y a aucun sans faute dans le service. Sandra se débrouille très bien même, je vous avoue que j'en suis surprise.

Lorsque arrive les bûches de Noël, les enfants sont enjoués, tous veulent les décorations en patte à sucre. Je me charge de diviser les bûches en part égale, Sandra distribue à chacun.

Il est bientôt minuit, nous passons au grand salon puis nous nous dirigeons vers l'entrée voir si le père Noël a déposé les cadeaux sous le sapin. C'est Jean-Pierre qui a rangé tous les paquets au sol.

Les enfants sont surexcités !

Nous prenons tous les cadeaux pour les ramener au grand salon. Chacun ouvre son paquet avec plaisir. J'aime voir leur joie du moment, leur sourire embellir leur visage, leur regard émerveillé...

C'est l'instant que je préfère à Noël !

Catherine ouvre le cadeau que je lui ai offert, un foulard couleur saumon de Louis Vitton. Elle le sort de l'emballage, nos invités le trouvent magnifique sauf elle.

— Je n'apprécie pas vraiment la couleur ! Ose-t-elle dire.

Catherine m'a offert un chausse pied !
Sérieusement !

— Vous avez vu, il est en bois massif comme vos meubles, me lance-t-elle avec ironie.

Je n'y prête pas attention, pas ce soir du moins. Cédric m'adresse un clin d'œil, voulant très certainement dire : n'en tiens pas compte.

Il se fait tard, les enfants et les personnes âgées montent se coucher.

Ceux qui doivent reprendre la route nous remercient, les bises pleuvent.

Je vais en cuisine gratifier Marie et Sandra pour leur excellent travail, il est temps qu'elles aillent se reposer. Demain, elles seront en vacances bien méritées.

Une journée qui s'achève en beauté ou presque...

Sitôt le jour levé, je m'active pour être la première en bas. Je passe directement par la salle de bain pour m'habiller. Ce sera un tailleur rouge avec un chemisier blanc et des bas couleur chair. Je m'installe à ma coiffeuse pour me maquiller à l'identique de hier soir. J'attache mes cheveux en un joli petit chignon orné de perle. Voilà, je peux descendre.

Je me sens un peu vaseuse, comme si j'allais tomber dans les pommes. Pourtant, hier, je n'ai pratiquement pas bu d'alcool. C'est étrange...

Je prépare moi-même le petit déjeuner, Édith sera là à neuf heures pour le repas de midi et

Joséphine vient à onze heures pour la mise en place et le service.

Peu à peu le Château se réveille, nos invités me rejoignent dans la salle à manger. Tout le nécessaire pour le petit déjeuner est posé sur la desserte. Chacun prend ce dont il a envie, café, thé, lait, chocolat, viennoiseries, fruits...

Certains d'entre eux partiront juste après. Nous serons moins nombreux aujourd'hui.

La matinée se passe, après les « à l'année prochaine », les « à bientôt », j'embrasse tendrement Érine en lui souhaitant un joyeux Noël chez son futur beau-père puis je me pose un peu dans ma chambre, juste quelques minutes...

J'entends une voix lointaine, elle s'éclaircie de plus en plus, j'ouvre les yeux, Cédric est là, penché sur moi.

— Qu'est-ce qu'il t'arrive ? Il y a quelque chose qui ne va pas ?

J'ai du mal à émerger de mon sommeil.

— Oh mon Dieu, quelle heure est-il ?

— L'heure de descendre, nous avons déjà commencé l'apéritif.

C'est bien la première fois qu'une chose pareille m'arrive. Je vois à la manière dont

Cédric me regarde qu'il s'interroge sur mon état de santé.
— J'arrive, désolée, je me suis endormie sans le vouloir. Rejoins nos invités, je me recoiffe et je viens.
Si ces symptômes persistent, je prendrai rendez-vous chez le médecin traitant. Pour l'instant, je reprends le cours de ma vie en descendant les rejoindre.
Catherine me jette un regard désapprobateur. La prochaine fois, je lui offre une canne ! Je souris juste en m'imaginant sa tête.
Voilà un repas réussi, les convives ont apprécié. Mes parents et mes deux grand-mères repartent après le festin, ce temps passait en leur compagnie m'a fait du bien. Le Château se vide petit à petit, seul reste Sandrine, Catherine, Cédric et moi-même en ce début de soirée d'hiver.
Je me demande quand part Catherine d'ailleurs ?
Je peux vous garantir qu'avec elle dans le Château, la vie n'est plus du tout parfaite. Bon, elle n'est pas dramatique non plus, il y a tant de choses beaucoup plus atroces. Je ne devrai pas me plaindre auprès de vous.

Le monde est ainsi de toute façon.
Vivement que Catherine retourne chez elle, je m'en porterai mieux.
Pour l'instant, je vais ignorer son comportement. Le plus important est que je reste polie et respectueuse en toute circonstance. Pas évident.
Voilà une nouvelle journée qui s'achève. Je suis satisfaite de ce Noël, tous ont apprécié ce moment passé ensemble, c'est le plus important.

4

MALAISE

La nouvelle année a commencé depuis plusieurs semaines et Catherine vît toujours sous notre toit.

Apparemment, des travaux de rénovations sont en cours dans son domaine. Elle préfère rester chez nous pour éviter le remue-ménage que cela engendre.

Érine vient de moins en moins. J'ai donc décidé de passer une soirée par semaine à l'appartement de Nantes. Il est convenu que ce serait tous les mardis soir.

C'est une journée bien remplie. Je mange également le midi avec ma meilleure amie et ce depuis des années déjà.

Vous savez Ophélie, je vous ai déjà parlé un peu d'elle. Elle vit à Nantes depuis toujours. Elle a divorcé il y a quelques années et son plus grand désarroi c'est qu'elle ne peut pas avoir d'enfant. Vous me direz qu'elle peut toujours en adopter mais ce n'est pas le genre d'Ophélie.

Mon état de santé ne s'est pas amélioré, j'ai rendez-vous chez le médecin ce matin. Je n'ai rien dit à qui que ce soit pour l'instant.
C'est le troisième rendez-vous depuis le début de l'année. Il m'avait détecté une sinusite qui apparemment ne guérit pas.
J'ai de plus en plus de difficultés à assumer mon quotidien, un mal étrange m'envahit.
Le lever est difficile jour après jour.
Mon nez et mon front sont lourds, j'ai du mal à respirer, et je ne vous parle même pas de mes étourdissements quotidiens, mes difficultés à digérer...
Mais voilà, je n'ai pas le temps de m'attarder sur mes symptômes. Nous sommes mardi, j'ai besoin d'aller voir mon généraliste, Ophélie et mes filles.
Puis, entre nous, ma boutique ne va pas fonctionner toute seule !
Je n'ai jamais vraiment été malade hormis le rhume ou la grippe, comme tout le monde.
C'est bien la première fois de ma vie que je suis atteinte d'un mal qui ne guérit pas.
Je m'étire sous ma couette. Cédric est parti en voyage d'affaire hier, il revient demain normalement.

Après l'habillage et la mise en beauté, je descends directement à la cuisine prendre mon petit déjeuner.

— Bonjour Édith, comment allez-vous aujourd'hui ?

— Bien Madame, et vous ? Vous me semblez fatiguée ?

— Je vais bien, ne vous inquiétez pas. Catherine est dans les parages ?

— Elle doit être dans le grand salon.

Une fois rassasiée, je rejoins Catherine. Elle est assise dans mon fauteuil une tasse fumante à la main. Elle fait mine de ne pas m'entendre arriver.

— Bonjour Catherine, comment allez-vous aujourd'hui ? Votre nuit a-t-elle été bénéfique ?

— Bonjour Stéphanie, je suis toute courbaturée, il faudra dire à la femme de chambre de retourner le matelas ! Je languis mon lit ! Votre teint est désastreux ! Que vous arrive-t-il ?

— N'ayez crainte, un petit rhume passager, rien de bien méchant. Je pars plus tôt aujourd'hui, ne m'attendez pas pour le souper je serai avec mes filles.

Je peux lire sa désapprobation dans son regard.

— Vous n'êtes pas sérieuse ? Cédric n'est pas là pour me tenir compagnie, la moindre des choses serait au minimum d'annuler votre repas de ce soir !

— Vous n'êtes pas toute seule, nos employées sont présentes. Demandez-leur un plateau repas pour manger devant un film. Je vous laisse, j'ai rendez-vous.

Je quitte la pièce sans la regarder. Elle se prend pour le centre du monde. Comme si chez elle, elle n'était pas toute seule. Bref, j'ai d'autres préoccupations en tête.

Mon médecin traitant est à cinq minutes en voiture de chez moi en plein centre du village.

Arrivée sur place, je m'installe dans la salle d'attente, deux personnes attendent. Je prends un magazine.

Au bout d'environ trente minutes, c'est enfin mon tour.

— Bonjour Stéphanie, veuillez me suivre.

Je me lève, j'entre dans la pièce et je m'installe face à lui.

— Comment vous sentez-vous ? Me demande-t-il.

— Pas bien du tout. J'ai la face lourde comme si j'avais un poids dans mon nez et mon front. Je ressens une fatigue inhabituelle, j'ai du mal à me lever le matin. Parfois j'ai un peu de fièvre seulement trente-huit degrés, guère plus. J'ai la digestion difficile, je suis ballonnée avec des nausées. Lors de mes dernières menstruations, j'ai saigné un peu plus que d'accoutumé.

— D'accord. J'ai reçu vos analyses de sang qui indiquent bien une infection. Ce que je ne comprends pas c'est la durée de votre sinusite. Il s'agit éventuellement d'une allergie. Votre taux de fer a diminué, ce qui est inhabituel dans votre cas. Installez-vous sur le fauteuil d'auscultation.

Je m'exécute.

— Bon, il n'y a rien à signaler au niveau du cœur et des poumons, c'est bon signe. Par précaution, je vous oriente vers un allergologue. Je vais vous prescrire un spray nasal à base de cortisone. Par contre, je ne vous prescris plus d'antibiotiques qui sont inefficaces. Je vous recommande de prendre rendez-vous avec votre gynécologue.

Il rédige mon ordonnance ainsi que la lettre pour l'allergologue.

Il est temps pour moi d'aller à Nantes, j'achèterai mes médicaments sur place à la galerie marchande.

Je m'installe au volant, mes pensées vadrouillent. J'essaie de comprendre mes symptômes. En réfléchissant bien, nous avons recueilli Kalia à la SPA il y a quelques mois seulement. Suis-je allergique aux chats ? Cette possibilité est envisageable. Je sors mon téléphone portable de mon sac pour prendre un rendez-vous avec le spécialiste avant de partir. Sa secrétaire me propose un lundi à quinze heures quinze.

— Je préfère un mardi matin si possible.

— Dans ce cas ce sera que dans sept semaines Madame, Je vous note donc le mardi vingt-neuf mars à dix heures. Cela vous convient-il ?

— Tout à fait. C'est noté.

Voilà une bonne chose de faite.

Je vais directement chez Ophélie. La route me semble interminable...

L'appartement d'Ophélie se situe au cœur même de Nantes. Elle a toujours préféré le monde, le bruit de la ville, pouvoir descendre dans la rue et avoir tout à portée de main. Je suis différente désormais, même si à une époque j'aimais Nantes.

Je sonne à l'interphone :

— Oui ?

— C'est Stéphanie.

— Je t'ouvre, monte !

Ophélie m'attend sur le palier de sa porte en mode décontractée. Les cheveux libres, sans maquillage, vêtue d'un jogging et d'un sweat à capuche. Depuis qu'elle a perdu son emploi, elle se laisse totalement aller.

— Salut ! Tu as une sale mine, qu'est-ce qu'il t'arrive ? Vas-y, rentre.

— Salut ! Tu es la troisième personne à me le dire aujourd'hui.

Nous nous dirigeons vers sa cuisine, l'odeur ouvre l'appétit.

— Installe-toi.

J'enlève mon manteau, je le pose sur l'un de ses tabourets, je mets mon sac par-dessus puis, je m'assoie sur le siège à côté.

— Veux-tu un apéritif ?

— Non merci, je t'avoue que je ne me sens pas bien depuis quelque temps déjà. J'ai du mal à le cacher mais ma santé se détériore de jour en jour.

— Ça se voit ! Tu préfères que l'on mange au salon ? Tu seras peut-être mieux.

— Non, ne changeons pas nos habitudes. J'aime être là, c'est beaucoup plus simple.

— Comme tu veux, me dit-elle en m'adressant un clin d'œil.

— Et toi ? Comment vas-tu ?

— Euh... Comment te dire que je perds un peu pied en ce moment. Je ne sais même plus ce que je veux, ni qui je suis réellement. Mon boulot, c'était le seul truc qui me permettait de me lever le matin même si je n'avais plus la passion des débuts, il me permettait de vivre. Là, je ne sais pas trop quoi faire, ni quelle direction prendre. C'est compliqué. Heureusement que tu viens manger avec moi tous les mardis, ce rituel m'est très précieux.

Je la comprends, elle qui ne peut pas avoir d'enfant, elle dont le mari est parti avec une femme fertile, elle dont l'entreprise a fermé ses portes. Tout son petit monde s'est écroulé.

— Je ne manquerai pas un de tes fabuleux petits plats, lui dis-je en souriant. Tu sais que tu peux venir travailler au magasin, mon offre tient toujours, d'autant plus en ce moment, je me sens si mal que ta présence me rassurerait, je te l'avoue.

— Merci mais la vente ce n'est pas mon truc, mais j'y réfléchis. Allez, mangeons, l'heure avance.

Nous continuons à parler de nos humeurs, nos craintes, mes enfants, ma belle-mère...

— Catherine est encore chez toi ?!

— Et oui... Les travaux chez elle ne sont toujours pas terminés. Elle m'insupporte de plus en plus cette femme. Ce serait que de moi, je l'expédierai au pôle nord !

Nous éclatons de rires. Je me moque de Catherine en l'imitant avec ses airs de petite bourgeoise. Cela fait un bien fou en fait.

Une sensation bizarre envahit ma tête, mon nez... Je sens quelque chose de froid couler... J'essuie avec un revers de main.

— Mais tu saignes ! Ne penche surtout pas la tête, je vais te chercher du coton.

Elle se lève d'un coup pour se diriger vers sa salle de bain. Elle revient vers moi en courant, et là, je me sens partir lentement. Sa voix disparait peu à peu, tout vacille autour de moi, des bourdons retentissent au creux de mes oreilles.

Puis plus rien ! Le trou noir !
Petit à petit je reviens à moi, j'entends de plus en plus les cris d'Ophélie...

— Stéphanie ! Stéphanie ! Bon sang mais réveille-toi ! Stéphanie....

J'ouvre les yeux, je suis là, à même le sol.
Le carrelage est froid !
J'ai froid !
J'ai envie de vomir.
Mais que m'arrive-t-il ?

— Oh putain ! Mais qu'est-ce que t'as ? Oh ! Tu m'as foutu une peur bleue !

— Je ne sais pas.

— Veux-tu que je t'emmène aux urgences ?

— Non, ça va aller. Mon médecin est sur le coup, ne t'inquiète pas.

— T'es marante toi ! Ne t'inquiète pas ! Oh, tu t'es effondrée devant moi ! Jamais tu n'as été dans cette état-là. Et Cédric, il en pense quoi ?

— Il ne le sait pas encore, je ne suis pas rentrée dans les détails. Je ne veux pas l'inquiéter pour l'instant, ni mes filles d'ailleurs.

— Tu veux me faire croire qu'il n'a pas vu ta fatigue et tout le reste ?

— Et bien, écoute, non. Je le rassure constamment. Et puis, de toute façon, il est très occupé.

Je sens que je vais rejeter tout le repas, j'ai juste le temps de me rendre dans les toilettes. Ophélie me rejoint.

— Viens t'allonger un peu dans mon lit, ça te fera du bien.

— Merci ma chérie, si je m'endors, tu me réveilles dans trente minutes s'il te plait.

— Oui, ne t'inquiète pas, je vais prendre soin de toi.

Me voici couchée sous sa couette, son lit est douillé. Je me sens envahir par le sommeil. Mes nausées s'estompent un peu. Dormir un instant avant d'aller au magasin devrait être bénéfique. Je me sens apaisée...

Je m'étire, j'ouvre les yeux...

Il fait nuit !

Combien de temps ai-je dormi ?

Je me lève d'un coup sec ! Aucun bruit dans l'appartement, il semble vide.

Je me dirige vers la cuisine, Ophélie a laissé un mot griffonné sur un morceau de papier : « Ne t'inquiète pas pour le magasin, j'y suis. Fais comme chez toi. Je me suis permise d'aller

acheter tes médicaments. À plus tard, bisous. »
Je prends mon téléphone, il est dix-huit heures vingt-deux. Il n'y a pas une minute à perdre, je me rends à ma boutique.
Mais avant de partir, j'envoie un SMS à Érine et Sandrine pour annuler le repas de ce soir puis j'appelle Édith pour lui demander un plateau repas, une soupe et une compote suffira.
Pourquoi ne m'a-t-elle pas réveillé ?
La fatigue revient, l'apaisement n'a pas duré longtemps...
Ma boutique, ma fierté ! Ophélie est derrière la caisse, une cliente paie ses achats. J'avance vers elles en souriant, mon pas doit être sûr. Aucunes faiblesses ne doivent transparaître. Après des salutations dignes de mon enseigne, je vais dans l'arrière-boutique vérifier le stock. Ophélie me rejoint quelques instants plus tard.
— Comment te sens-tu ?
— Ça va, ne t'inquiète pas. Pourquoi ne m'as-tu pas réveillé ?
— J'ai eu très peur pendant ton malaise, j'ai préféré te laisser dormir et venir te remplacer. Je pense que tu devrais prendre quelques jours de repos.

— Tu as peut-être raison. Il est vrai que je ne me sens vraiment pas bien.

— Rentre chez toi Stéph. Si tu veux, je gère ta boutique jusqu'à la fin de la semaine. Tu n'es pas obligée de me payer, c'est juste un service entre amie.

— Merci ! Que ferai-je sans toi ? C'est entendu alors. Viens, je t'explique le principal pour la fermeture et si besoin, tu m'appelles.

Je la prends dans mes bras, elle m'est si précieuse.

Mon téléphone bip, j'ai reçu un sms : « Bonsoir Maman, j'espère que tout va bien... Je suis là si tu as besoin de quoi que ce soit. À vendredi soir. Bisous. Sandrine ». Érine ne tardera pas à me répondre également. Il ne me reste plus qu'à reprendre la route.

Je suis si fatiguée...

Demain, je contacterai mon docteur pour lui détailler le malaise et le saignement de nez d'aujourd'hui. Je prendrais aussi rendez-vous avec mon gynécologue. Il est primordial que je fasse attention à moi.

Une journée s'achève, je suis contente de rentrer dans mon Château. Tout le long du

trajet, je ne pensais qu'à une chose, rejoindre mon lit.
— Vous avez changé d'avis tout compte fait ? Vous me faite l'honneur de souper en ma présence. D'ailleurs, qui ferme le magasin ?
Je n'ai franchement pas envie de me prendre la tête ce soir, je languis de me poser tranquillement sous la couette.
— J'ai décidé de rester ici toute la semaine, j'ai besoin de me reposer. Ne vous inquiétez pas pour ma boutique ! Je ne mangerai pas avec vous Catherine. Un plateau sera monté directement dans ma chambre. Veuillez ne pas m'en tenir rigueur. Merci. Demain votre fils sera parmi nous, vous ne serez plus toute seule. Je vous laisse, bonne soirée.
Je quitte la pièce sans attendre sa réponse.
Je monte à l'étage. Je n'ai qu'une hâte, me glisser dans mon lit bien au chaud avec un livre pour me tenir compagnie. Demain sera un autre jour.

5

CÉDRIC

Cédric arrive à l'aéroport de New York, son vol pour rentrer en France est programmé à seize heures trente. Il jette un coup d'œil à sa montre, elle affiche quinze heures cinquante-deux. Il n'est pas trop tard pour appeler Stéphanie avant de monter dans l'avion. Il doit être environs vingt-deux heures à Pontchâteau. La sonnerie retentit.
— Oui
— Bonsoir Chérie, je t'appelle pour te prévenir que je vais prendre mon vol dans quelques minutes, je serai rentré demain en fin de matinée. Tout va bien au château ?
— Ne t'inquiète pas, tout va bien, ta mère est encore en vie.
Le ton est ironique.
— Elle m'a envoyé un sms pour se plaindre justement du fait que tu sois rentrée plus tôt pour souper au lit ce soir. Que t'arrive-t-il ?
— Un coup de fatigue, rien de bien important. Je t'expliquerai tout quand tu seras là.

— Entendu. Je te souhaite une bonne nuit.
— Merci ! Bon vol à toi. Je t'aime, bisous.
— Je t'aime également, bisous. À demain.
— Oui, à demain.

Il raccroche, il est temps de monter dans l'avion mais avant, il envoie un dernier sms : « Je rentre demain en fin de matinée, dors bien ma beauté, je t'embrasse tendrement sur toute la surface de ton magnifique corp. »

La réponse ne tarde pas : « Merci mon lapinou, moi aussi je t'embrasse tendrement. Hâte de te voir. Je t'aime. »

Le voilà installé confortablement l'air pensif, son rendez-vous professionnel n'a pas abouti. Il s'agissait d'un placement financier de plusieurs millions de dollars. Même si son portefeuille contient une clientèle fidèle, un contrat de plus aurait été le bienvenu. Se déplacer jusqu'à New York pour rien engendre une dépense à perte, il s'en serait bien passé !

L'entretien d'un château coute beaucoup d'argent. Entre le salaire des employés, l'entretien général, les factures d'électricité, de chauffage... Cela représente un budget non négligeable !

Alors oui, il se serait bien passé d'un déplacement inutile !

Ses pensées divaguent entre souvenir d'enfance, d'adolescence, son mariage, ses filles, le château... puis l'aspect financier reprend le dessus, il doit trouver une solution à long terme pour obtenir un revenu supplémentaire non imputé de ses propres revenus professionnels.

Il est extrêmement important qu'il ne perde aucun de ses contrats actuels.

Cédric est avant tout un homme perfectionniste, il aime les choses claires et bien faites. Son professionnalisme est incontestable, il est reconnu par ses pairs.

Dans le milieu de la finance, personne ne peut lui reprocher quoi que ce soit pour l'instant.

Il devrait atterrir vers cinq heures cinquante, heure française. Le décalage horaire est d'environ six heures de retard par rapport à Paris. C'est déconcertant, il lui faudra plusieurs jours pour s'en remettre.

Cédric est si fatigué par ce court voyage de trois jours, qu'il allonge son siège. Il insère des écouteurs dans ses oreilles, il pose un masque sur ses yeux. Une douce musique le berce

comme un enfant et s'endort en quelques instants.
Le temps passe vite lorsque l'on dort.
Cédric s'éveille peu à peu, son dos lui rappelle l'inconfort d'un avion. Son regard se tourne vers le hublot, le ciel est sombre, c'est la nuit. Bientôt le petit matin se lèvera...
L'heure d'arrivée est proche. Cédric en profite pour vérifier ses mails et répondre aux plus importants, le reste attendra son retour chez lui.
« Madame, Monsieur, en vue de notre proche atterrissage nous vous invitons à regagner vos sièges et à attacher votre ceinture. Assurez-vous que vos bagages à mains sont situés sous le siège devant vous ou dans les coffres à bagages. Les portes et issues doivent rester dégagées de tout bagages. »
L'aéroport de Roissy scintille de tous feux. Cédric observe ce spectacle incroyable avec, néanmoins, une légère angoisse. Un atterrissage est toujours impressionnant, comme un décollage d'ailleurs. Cette étrange sensation qui vous prend au ventre, il faut la vivre au moins une fois. Il la ressent à chaque voyage, impossible d'y réchapper.

Enfin la terre ferme ! Le froid transperce son manteau. Il remonte son écharpe devant sa bouche et descend de l'avion.

Sa voiture l'attend sagement sur le parking de l'aéroport mais il se dirige d'abord vers Pret à Manger, un service de restauration rapide proposant des produits bio. Ce restaurant est situé au Terminal Trois. Cédric commande un café et un croissant avant de prendre la route.

Pour arriver au château, il faut compter quatre heures trente de trajet environ.

Il s'installe à une table, il n'y a pas trop de monde à cette heure-ci, les chaises en bois, rembourrées au niveau de l'assise et du dos, sont confortables.

Le jour n'est pas levé, sa montre affiche six heures douze minutes.

Après s'être restauré, il est temps de partir.

Quel foutoir pour sortir de cet aéroport ! Il fustige contre tous ces conducteurs qui, soit oublient le clignotant, soit s'insèrent en force, soit claxonnent comme des abrutis... Bref, la journée ne commence pas vraiment bien.

Espérons que l'ambiance au château soit meilleure.

Il sait que dès qu'il va ouvrir la porte, Catherine ne le laissera pas tranquille avec ses multiples plaintes. Il faut dire qu'être fils unique n'est pas avantageux, surtout avec une mère telle qu'elle. Depuis tout petit, Catherine veut diriger la vie de Cédric, ses études, ses fréquentations, sa vie amoureuse...

Le seul moment où Cédric a tenu tête à Catherine, c'est lors de son mariage avec Stéphanie.

Catherine déteste Stéphanie mais elle ne l'avouera pas ouvertement. Non, une personne de son rang se garde de paraître méchante. Catherine agit en douceur au travers de petites remarques, de petites critiques bien placées, de petits cadeaux inutiles...

Cédric fera comme d'habitude, il écoutera Catherine sans pour autant prendre parti.

L'une des premières choses qu'il va réaliser lorsqu'il sera posé tranquillement dans son bureau, c'est contacter le contremaitre qui exécute les travaux chez Catherine. Il faut absolument que cela avance, elle doit rentrer chez elle.

Si le professionnel lui dit que les lieux sont désormais habitables, il ne laissera pas le choix

à Catherine, elle devra faire ses valises, du moins, Sandra rangera ses affaires dans ses bagages.
Il pense tout en conduisant. Son esprit vagabonde d'un sujet à un autre malgré la radio qui résonne dans l'habitacle.
Enfin le chemin si familier se dessine, il entraperçoit sa demeure, son havre de paix.
La journée peut réellement commencer !

6

SECRETS

Je me réveille un peu tard aujourd'hui. Je dois me lever, Cédric revient.
Sandra dépose mon plateau déjeuner dans la chambre sur le petit bureau et récupère le plateau de la veille. Mon état de santé ne s'est pas amélioré, je n'ai rien mangé hier soir, les nausées n'ont cessé de m'enquiquiner.
Une fois la collation avalée, je me dirige vers les fenêtres pour ouvrir les volets. Tout a gelé dehors, le sol est couvert de givre formant ainsi un magnifique tableau d'hiver. J'aime ce paysage glacial. J'aime toutes les saisons, elles nous offrent un panorama de la nature incroyablement beau aux multiples teintes.
Je vais ensuite sous la douche. L'eau chaude ruissèle sur mon visage, mon corps... Elle me procure une sensation de chaleur. Un peu trop d'ailleurs.
Mon cœur s'emballe, mes oreilles sifflent, j'ai juste le temps d'attraper la serviette et de m'allonger à même le sol tant le malaise est

significatif. J'évite l'évanouissement mais une envie soudaine de vomir m'envahit. Je n'y échappe pas, il faut que je me traine jusqu'au toilette.

Tout mon petit déjeuné est rejeté jusqu'à ce que la bile m'irrite le tube digestif.

— Ressaisis-toi Stéphanie ! me dis-je au plus profond de moi-même.

Mais que m'arrive-t-il ?

Chaque jour qui passe, les symptômes sont de plus en plus intenses.

Je me relève tant bien que mal, la nausée est partie mais voilà que la diarrhée arrive à son tour, je suis pliée en deux.

Je me vide totalement ! Là, je vous avoue que je me questionne !

Je me sens si impuissante.

Mon œsophage me brûle comme si j'avais mangé quelque chose de très irritant et c'est ainsi depuis hier.

Je retourne tant bien que mal à la douche en restant vigilante. Il ne faut pas que je fasse un malaise.

Cette fois-ci, j'opte pour une eau tiède.

J'enfile mon peignoir et je me dirige vers ma table de chevet pour envoyer un sms à Marie.

« Marie, serait-il possible de me monter vous-même un verre d'eau sucré et une pomme s'il vous plait ? Merci »

Marie et Jean-Pierre ont un téléphone professionnel chacun. En tant qu'intendants, ils doivent rester joignables. En contrepartie, nous leur offrons un logement de fonction gratuitement.

Avec Cédric, nous avons décidé qu'au décès de l'un d'entre nous ce logement leur reviendrait de plein droit pour les remercier de leur loyaux services au quotidien.

Marie frappe à la porte, je lui dis d'entrer.

— Merci beaucoup Marie.

— De rien Madame, vous me semblez vraiment mal en point.

— Oui, je vous l'avoue, je ne suis pas bien du tout mais pas un mot aux autres s'il vous plait. Je compte sur votre discrétion même envers mon époux.

— Entendu Madame, ne vous inquiétez pas.

J'ai une entière confiance en elle. Je sais qu'elle n'en soufflera mot à personne même si, j'ai bien conscience que je ne peux pas certifier à cent pour cent sa loyauté, ni la loyauté de qui que ce soit d'ailleurs mais jusqu'à présent, je n'ai absolument rien à lui reprocher.

— Catherine demande après vous.

— Dite-lui que je vais descendre dans quelques minutes.

Catherine, je l'avais presque oublié.

Je fais les choses lentement pour éviter tous malaises ou vomissements.

Mon teint est désastreux, plus blanc qu'un cachet d'aspirine.

Une fois prête, j'entends une voiture se garer en bas. Je reconnais ce bruit ! C'est lui, Cédric !

Je vérifie mon apparence dans le miroir, un peu plus de maquillage que d'ordinaire et le tour est joué. Je prétendrai un coup de fatigue passager.

Je passe en premier par la cuisine pour déposer mes deux plateaux. J'entends au loin des voix… Catherine accueille son fils prodige tel qu'il se le doit. Je me sens encore plus lasse.

Allez, courage.

Je m'avance doucement mais surement vers eux.

— Très chère, vous nous faites enfin l'honneur de vous lever !

Catherine emploie ce ton sarcastique qu'elle connait bien.

Je m'approche de Cédric pour lui déposer un baiser.

— Bonjour chéri, comment s'est passé ton voyage ?

— Bonjour chérie, disons long et fatiguant. Je suis content d'être arrivé parmi vous, dit-il en m'adressant un clin d'œil.

— Vous m'excuserez Mère mais je vais monter mes bagages à l'étage puis passer quelques coups de fils dans mon bureau.

Le visage de Catherine se métamorphose affichant ainsi son mécontentement.

— Je t'accompagne, lui dis-je en souriant.

Nous voilà partis en direction de notre chambre.

Pendant qu'il range son linge, je suis assise sur le bord du lit, je l'observe.

— Que t'arrive-t-il en ce moment ? me demande-t-il.

— Un coup de fatigue, rien de bien grave.

— Et le magasin ?

— C'est Ophélie qui me remplace temporairement, ça lui permet d'occuper ses journées et de penser à autre chose. Elle ne va pas bien psychologiquement en ce moment. Et toi ? Ton rendez-vous a été fructueux ?

— Non, je n'ai pas obtenu le contrat.
— Ce n'est pas bien grave chéri, tu as déjà une belle clientèle qui suffit à subvenir à tes besoins.
— Oui peut-être mais j'aurai néanmoins espéré avoir plus tu vois, des réserves financières non négligeables, au cas où. On ne sait pas de quoi sera fait demain. Et un château nous coute beaucoup d'argent.
— Certes, mais c'est un projet murement réfléchi, nous ne sommes pas en manque de fond. Entre les revenus du magasin et tes portefeuilles de clientèle, l'argent rentre suffisamment. Ou alors, tu ne me dis pas tout.
Depuis quand s'inquiète-t-il du lendemain ?
Je m'interroge.
Il s'avance vers moi et dépose un baiser sur mon front comme pour m'apaiser ou me protéger. Je suis perplexe.
— Je te laisse, je vais passer quelques coups de fils avant le repas. Je vais appeler le contremaitre de ma mère pour connaitre l'avancée des travaux, j'aimerai bien qu'elle rentre chez elle.
Là, je suis totalement d'accord avec lui.
— Entendu, je serai dans le petit salon si besoin, je dois également passer un appel.

Le petit salon se situe au bout du couloir de nos chambres. Il est meublé d'un fauteuil électrique, de deux petits canapés en cuir noir, d'une table basse en verre et d'une vitrine où sont exposés divers albums musicaux de tous styles ainsi qu'une chaine hifi (compact disc, vinyle, radio et USB) que l'on peut actionner grâce à sa télécommande. C'est bien pratique, vive la technologie.

Je m'installe dans le fauteuil en mode semi-couché puis j'appelle mon médecin.

Je laisse un message sur son répondeur.

« Bonjour Docteur, c'est Stéphanie. Je vous contacte car j'ai de nouveaux symptômes, à savoir : saignements de nez, malaises, vomissements et diarrhée. Si vous pouviez me rappeler, je vous en remercie. »

Je déteste m'adresser à un répondeur. Bref, en attendant je vais écouter un peu de musique. J'opte pour le dernier album d'Ulrich Forman, une douce pop mélodieuse. Je positionne le fauteuil en mode allongé, me voici partie pour un agréable voyage musical.

Je sursaute, le téléphone me sort littéralement de ma rêverie.

— Oui, dis-je.

— Bonjour Stéphanie, je viens d'écouter votre message. Je ne comprends pas ce qui provoque tous ces symptômes. Votre rendez-vous avec l'allergologue est prévu quand ?
— Le mardi vingt-neuf mars à dix heures.
— D'accord, je vais voir s'il est possible de l'avancer. Je vais également demander l'avis à un confrère oto-rhino-laryngologiste. Dès que j'ai une réponse, je vous l'envoie par sms.
— Entendu Docteur, merci beaucoup.
— C'est normal, reposez-vous surtout. À plus tard.
— Oui, à plus tard.
Il ne me reste plus qu'à attendre et prendre soin de moi.
Je regarde ma montre, il est temps de descendre en cuisine.
Édith s'affaire aux fourneaux, Marie prépare la vaisselle sur le charriot. Mais où est donc Sandra ?
Je questionne Marie.
— Elle a pris son après-midi avec l'autorisation de votre époux.
Je suis surprise !
— Comment ça ?

— Sandra est montée voir votre époux pour lui demander l'autorisation de s'absenter exceptionnellement cette après-midi.

— Ah d'accord ! Bon et bien je vais m'installer dans le grand salon, vous sonnerez la cloche quand tout sera prêt.

— Oui Madame.

De mieux en mieux, personne n'a daigné m'informer de l'absence d'une de mes salariées ! Certes, je suis fatiguée mais ce n'est pas une raison pour ne pas me consulter également.

La cloche retentit, je vais m'assoir à table dans la petite salle à manger. Catherine me rejoint suivi de Cédric.

Je le questionne concernant Sandra.

— Je n'ai pas jugé nécessaire de t'importuner avec ça, tu semblais dormir.

— D'accord, et ton appel avec le contremaitre ?

— Le contremaitre ? intervient Catherine.

— Oui Mère, vos travaux sont presque terminés, vous pouvez rentrer chez vous dès demain, un taxi viendra vous chercher à quinze heures. J'ai demandé à Sandra de préparer vos valises dans la matinée.

Catherine n'en revient pas, son fils a acquis un incroyable aplomb ces derniers temps. Désormais elle n'a plus main mise sur lui.
— Je dois m'absenter cette après-midi, je pense en avoir pour deux heures, j'ai un client à voir.
Cédric semble me dissimuler quelque chose, je n'arrive pas à déterminer quoi mais j'ai une intuition. Vous savez cette intuition féminine.
Après, je suis mal placée pour penser ainsi puisque moi-même je lui cache mon état de santé actuel. C'est bien la première fois que j'ai un secret pour mon époux.
Le repas se termine un peu tendu. Catherine n'est vraiment pas satisfaite, elle nous le fait bien ressentir avec sa moue de petit Calimero mais elle ne dit rien. C'est surprenant.
Personnellement, je suis ravie par cette nouvelle. Je crie au fond de moi : Oui, Oui, Oui ! Au revoir Catherine !
— Si vous le souhaitez, je resterai avec vous Catherine cette après-midi. Que voulez-vous faire ?
Elle me regarde stupéfaite. D'ailleurs, je m'étonne moi-même des mots qui viennent de franchir mes lèvres.

— Nous pourrions jouer aux dames, cela fait si longtemps.
— Entendu.
Ce doit être mon côté empathique qui prend le dessus là.
Bon, je peux bien jouer aux dames avec Catherine avant son départ. Qui sait ? Peut-être que cela améliorera nos échanges. On dit que l'espoir fait vivre.
Mon téléphone émet un bip.
« Stéphanie, je n'ai pas pu avancer votre rendez-vous chez l'allergologue mais il me tient informé en cas de changement. Par contre, je vous ai obtenu une consultation avec mon confrère ORL ce vendredi à quinze heures vingt, adresse : 23 Avenue du Bois d'Amour 44 500 LA BAULE-ESCOUBLAC, pour avoir son avis. Pouvez-vous me le confirmer par SMS ? Je reste disponible en cas de problème. Bien cordialement. »
Je réponds instantanément.
« Docteur, c'est noté. Je serais bien au RDV ce vendredi à quinze heures vingt. Merci pour votre disponibilité. Bien Cordialement, Stéphanie. »

Cédric et Catherine me regardent d'un air interrogateur.

— C'est Ophélie pour le magasin, rien d'important, dis-je sans réfléchir comme si j'avais besoin de me justifier.

Nous papotons de tout et de rien, Catherine reste silencieuse jusqu'à la fin du repas.

— Je monte me reposer un peu, nous jouerons aux dames après. Cela ne vous dérange pas Stéphanie ?

— Non pas du tout, faisons ainsi.

Catherine se lève et quitte la pièce.

Le reste de la journée se passe tranquillement.

Cédric s'est absenté une bonne partie de l'après-midi tout compte fait. Il revient lorsque la nuit commence à tomber. Je ne lui pose aucunes questions même si j'ai ce maudit présentiment niché dans un coin de ma tête, comme une petite sonnette d'alarme qui retentit.

Je ne reste pas pour la dernière soirée de Catherine parmi nous, je la laisse seule avec Cédric.

J'ai besoin de me reposer. Je remarque que depuis l'incident de ce matin, je n'ai plus eu de malaise, ni de vomissement. Mon nez n'a pas saigné aujourd'hui. Certes, je ressens toujours ces symptômes au niveau de ma tête et cette fatigue intense mais mon état de santé ne s'est pas dégradé, j'ai réussi à manger un peu.

Une fois seule, j'appelle Ophélie pour savoir comment s'est passée la journée au magasin, elle m'a l'air de très bien gérer la situation.

C'est bon à savoir ! En cas de problème, Ophélie peut reprendre la gérance de la boutique. Je n'ai aucun doute là-dessus.

Je me couche avec un léger soulagement, demain sera un autre jour.

7

ELLES

Dernier jour de cours pour Érine et Sandrine avant les vacances d'hiver. Elles n'ont pas vu cette moitié d'année passer.
Sandrine se lève la première. Sa chambre est petite mais cosy, elle est suffisante pour l'instant. Celle d'Érine n'est guère plus grande.
Sandrine se rend dans la pièce principale où sont regroupées la cuisine, l'espace repas et le coin salon.
L'ensemble est sobre, équipé de l'essentiel pour deux jeunes étudiantes.
Sandrine prépare le café, elle sort un bol, une petite cuillère et les posent sur la table en formica qui peut accueillir jusqu'à quatre personnes lorsqu'Érine apparaît lentement dans la pièce, toute ébouriffée, l'air encore endormi.
— Tu es rentrée tard hier soir, remarque Sandrine.
— Oui, Sylvain m'a invité au restaurant et, regarde !

Elle tend sa main gauche où prône fièrement une bague ornée d'un saphir !

— Non, ce n'est pas vrai ! Waouh ! Il t'a fait sa demande ?

— Ouiiiiiii, dit-elle enjouée.

— Oh punaise ! Je suis trop contente pour vous deux ! Tu l'as dit aux parents ?

— Non pas encore. Je leur dirai quand je les verrai le week-end prochain. Là nous partons ce soir chez son père à Paris.

— T'es sérieuse ? Désolée mais je ne vais pas pouvoir leur faire croire que je ne suis pas au courant !

— Pourquoi ? Qu'est-ce que ça peut te faire ? Tu peux très bien ne pas avoir vu la bague !

— J'ai promis à Maman que je ne lui cacherai plus rien ! Il est hors de question que je mente sur ce coup-là ! Tu n'as qu'à leur envoyer un MMS de ta bague accompagné d'un message. Franchement, ce n'est pas sorcier !

— Oh ça y est ! La fifille à sa Maman !

— Comment ça ? Et toi, la fifille à son Papa ! Tu crois qu'il va le prendre comment si je lui annonce la nouvelle avant toi ?

— Oh c'est bon ! T'es lourdingue par moment !

— Non ! Je respecte juste les parents, c'est tout !

Érine énervée tourne les talons et se dirige vers la salle d'eau.

— Je vais me préparer ! Dit-elle en claquant la porte.

Sandrine déjeune tranquillement, elle commence ses cours qu'à dix heures aujourd'hui, elle va pouvoir étudier un peu. En plus, elle termine à quinze heures. Elle devrait arriver au Château vers seize heures.

Quand à Érine, il ne lui reste pas beaucoup de temps. Heureusement, son université est à quelques minutes à pied. Elle sort en trompe de la salle d'eau.

— Je n'ai pas le temps de déjeuner, je suis à la bourre. Je ne pense pas que l'on se reverra aujourd'hui. Bon week-end sœurette. Et tu as gagné ! J'enverrai un joli **MMS** aux parents, dit-elle en sortant de l'appartement, sa veste attrapée au passage, le sac sous le bras. Elle est vraiment en retard.

— Merci ! À toi aussi !

La porte claque, les pas d'Érine résonnent dans l'escalier, elle manque louper une marche et se rattrape de justesse à la rampe. Vite ! Elle enfile son manteau avant de sortir de l'immeuble. Il fait froid, le vent est glacial, on se croirait au pôle nord !

Mince, elle a oublié ses gants et son écharpe !

Pas de temps à perdre, elle court en direction de l'université.

La faculté de Nantes est l'une des plus anciennes de France.

Elle a été fondée en mille quatre cent soixante, suite à la décision politique du Duc de Bretagne, François II, de doter son Etat d'un *élément de prestige.* L'université devait, en effet, contribuer à l'ornement, à l'embellissement intellectuel et spirituel de la cité, tout en renforçant son rôle de capitale du duché. Le *Studium General* était alors composé de cinq facultés : théologie, droit canon, droit civil, médecine, arts. Il connut, en ses débuts une réelle prospérité. Des maîtres d'Angers, d'Avignon, de Paris sont venus y enseigner.

La voilà arrivée, l'amphithéâtre est rempli, sa nouvelle journée peut commencer.

Elle a quand même du mal à se concentrer sur le cours. Son esprit est resté sur sa soirée de hier soir. Le fameux diner dans un prestigieux restaurant et la demande de mariage digne d'un conte de fée. Deux violonistes sont arrivés à la

fin du repas et là, Sylvain s'est levé, il s'est avancé vers Érine, puis il s'est agenouillé en lui tendant un joli écrin :
— Veux-tu m'épouser ?
Ces mots résonnent encore, elle ne si attendait tellement pas ! Quelle magnifique soirée !
Elle s'imagine déjà en robe de mariée, la star d'une journée sous les projecteurs.
Oui, cela va être difficile de se concentrer aujourd'hui.
Sandrine regarde son téléphone, il est l'heure de partir en cours.
Pour se rendre au campus de la Chantrerie, elle doit prendre la voiture, environ vingt minutes de trajet. Il se situe rue Christian Pauc, un bâtiment neuf proposant un diplôme d'ingénieur design d'espace, niveau BAC plus cinq.
Les parents auraient pu choisir un logement à mi-parcours pour permettre à chacune d'être égalitaire, mais ce n'est pas le cas. Ils ont privilégié Érine prétestant que la médecine c'est plus complexe. Bref...
Disons plutôt qu'Érine a du mal à se lever le matin et qu'elle est moins sérieuse que Sandrine. Ce serait plus honnête !

L'avantage pour Sandrine, du coup, ils lui ont acheté une voiture même si Érine peut s'en servir bien évidemment. Solidarité familiale oblige !

Il faut reconnaître que les frais scolaires sont édifiants. Érine et Sandrine n'ont rien à payer, ce sont les parents qui financent le tout (études, logement, trajets, nourritures, factures...). La note mensuelle est salée.

Elles bénéficient même de l'argent de poche, sous condition d'être performantes dans leurs études.

Sandrine a le projet d'être indépendante à la fin de son cursus. Elle s'imagine très bien à la tête de sa société d'architecture d'intérieur. Pour l'instant, c'est le seul objectif qu'elle veut atteindre.

Érine est totalement différente. Elle consacre une grande importance à sa vie sociale, avoir un petit ami, des sorties... Elle se laisse porter par le présent. Certes, elle veut également réussir, devenir médecin mais elle agit autrement. Si elle vient à prendre du retard dans ses cours, elle demande à ses amis qui n'hésitent pas à l'aider. D'ailleurs, elle peut compter sur Sylvain, rappelons-le, étudiant en médecine. Il a un an d'avance par rapport à Érine, ce qui lui permet de lui apporter une aide précieuse même si parfois cela l'agace un peu.

Sandrine enfile son bonnet en laine, son écharpe assortie, son manteau et ses gants. Elle prend son sac de cours et sa valise puis elle jette un dernier coup d'œil à la pièce, tout semble correcte. Elle ferme la porte à double tours, la voilà partie pour commencer sa journée d'étudiante.

Érine et Sylvain ont décidé de manger à l'extérieur du campus ce midi avec leurs amis respectifs. Ils se rejoignent tous au fastfood du coin, les commandes ont étés passées à l'avance.

Une fois sur place, Érine en profite pour envoyer un MMS à ses parents. Elle prend un joli cliché de son doigt où scintille son saphir.

« Chers parents, Sylvain m'a demandé en mariage hier soir, je suis sur un petit nuage. Pour l'occasion, il m'a offert cette magnifique bague ornée d'un saphir. Demain, nous partons chez son père. Nous nous verrons le week-end prochain. Bisous ».

Ses amies sont sous le charme.

Quant aux garçons, ils chambrent gentiment Sylvain.

Cédric et Stéphanie ne tardent pas à répondre, il va y avoir un mariage à préparer prochainement.

Érine envoie également un SMS à Sandrine.

« Voilà sœurette ! MMS envoyé aux parents. Nous nous voyons le week-end prochain. Bisous ».

« Super. Tu vois ce n'est pas si compliqué. Bisous », répond Sandrine.

Un souci en moins.

Sandrine ne se voyait pas arriver chez ses parents tout à l'heure comme si de rien n'était. Vu leur réaction lorsqu'ils ont appris pour Sylvain, c'est logique de leur annoncer une aussi bonne nouvelle le jour même.

Il est rare qu'elles se disputent mais parfois cela s'avère nécessaire. L'important c'est que tout rentre dans l'ordre mais surtout, c'est qu'il n'y ait aucune rancœur entre elles.

Sandrine ne se voit pas vivre fâchée avec Érine, c'est inconcevable. Il en est de même pour Érine d'ailleurs.

La journée se passe, Sandrine a fini ses cours. Elle sort du campus et s'engage sur la route du retour. C'est horrible à cette heure-ci. La circulation est dense.

D'ordinaire, elle part en début de soirée, elle met environ cinquante minutes pour arriver au Château.

Mais là, en l'occurrence, un vendredi de départ en vacances, en milieu d'après-midi, tous les étudiants partent pratiquement en même temps.

Sandrine aime aller chez ses parents, le Château est son refuge.

Elle est un peu comme Stéphanie, nostalgique des temps anciens. Elle s'imagine facilement la vie d'autrefois entre ces murs. C'est son petit havre de paix.

Les vacances s'annoncent bien, elles devraient être bénéfiques.

Du moins, espérons-le.

8

AVIS

Je regarde l'heure affiché à ma montre, il est temps pour moi de partir à mon rendez-vous chez l'Oto-Rhino-Laryngologiste qui est prévu à quinze heures vingt à La Baule-Escoublanc.
Lorsque je reviendrai, Sandrine devrait être là. Elle vient pour les vacances de février. Quant à Érine, elle a prévu d'être parmi nous le week-end prochain. Je suis enthousiaste par l'annonce de son mariage. Cela va apporter de la joie, égayer ainsi nos journées. J'adore les préparatifs de mariage. Je souhaite vivement qu'elle me les confit. Du moins, qu'elle m'associe à cet évènement unique dans une vie. Pour l'instant, je me concentre sur mon problème de santé qui m'handicape au quotidien.
Ce matin, mon médecin généraliste m'a envoyé un message pour m'informer qu'une plage horaire chez l'allergologue s'est libérée au dernier moment. Une aubaine pour moi.

J'ai donc rendez-vous à dix-sept heures quinze au CHU Hôpital Nord Laennec près de Nantes.

J'espère juste que les deux trajets ne vont pas trop m'épuiser.

Me voilà partie. Je rejoins Crossac puis la Nationale 171, je contourne ainsi la réserve naturelle régionale Marais de Brière, un lieu à visiter absolument. J'aime me ressourcer ici mais aujourd'hui je n'aurai pas le temps de m'y arrêter.

Arrivée sur place avec quelques minutes d'avance, j'entre dans la salle d'attente vide. Elle est sobre, meublée de grandes chaises noires en cuir, d'une table basse style asiatique assortie aux assises, de quelques jouets dans une caisse et d'une petite chaise blanche en bois.

Je m'installe et ferme un instant les yeux la tête en appui contre le mur, juste un instant.

Une porte s'ouvre, un homme accompagné de l'ORL se saluent. C'est mon tour.

— Bonjour Madame, entrez je vous prie, me dit-il en m'orientant vers son cabinet médical.

— Bonjour Docteur.

Il s'installe derrière son bureau et lit le courrier que mon médecin lui a adressé, puis relève la tête.

— Pouvez-vous me décrire vos symptômes et à partir de quel moment ont-ils commencé ? D'après vous, y-a-t-il eu une circonstance ou un changement qui aurait pu provoquer cette sinusite chronique ?

Je lui explique en détail ce que je vis depuis plusieurs semaines désormais.

Il est temps de passer à la consultation de mon nez. Je m'installe dans le fauteuil spécifique. Autour de moi, je vois des instruments médicaux posés sur une table et un écran orienté vers l'emplacement du médecin.

— Je vais ausculter vos deux narines à l'aide d'une petite caméra, cela risque d'être un peu douloureux. Essayez de vous détendre du mieux que vous pouvez, me rassure-t-il en me montrant l'objet.

Je sens ce petit instrument froid pénétrer dans mon nez lentement, mes yeux pleurent tout seuls. Il observe attentivement. Il paraît soucieux devant son écran de control puis il change de côté. Je saigne légèrement, il me tend une boite de mouchoir en papier. J'ai l'impression étrange d'avoir un intrus dans ma narine gauche pourtant la caméra est de l'autre côté.

L'examen achevé, il tâte sous mes oreilles en descendant le long du cou puis il me demande d'ouvrir la bouche pour vérifier ma gorge.

Et voilà, c'est terminé. Nous pouvons retourner à son bureau. Je languis de connaître son avis.

— Vos fosses nasales sont très irritées comme si vous aviez respiré un produit nocif. Dans la narine gauche, je note la présence d'un polype qui faudra peut-être opérer prochainement d'où le saignement. Il y a un écoulement purulent dans votre gorge provenant de vos sinus signifiant bien la présence infectieuse. Je vous prescris un spray à base de corticostéroïde pour diminuer l'inflammation. J'envoie mes conclusions à votre médecin généraliste ce jour par email. Je vous propose de nous revoir dans un délai de trois mois, nous envisagerons alors les suites à tenir.

Je le remercie même si je n'ai pas vraiment de réponse sur l'origine de ce mal envahissant. Je languis de savoir s'il s'agit d'une allergie, cela expliquerait bien des choses.

Bon, il est vrai qu'une allergie n'entraine pas des problèmes digestifs et des vomissements. Ou alors serais-je également allergique à un aliment ?

Je n'ai jamais eu de désagréments alimentaires, pourquoi maintenant ? C'est peut-être l'infection des sinus qui provoque ces symptômes, tout simplement.

Me revoici sur la route en direction de Saint-Herblain à la périphérie de Nantes où se situe l'Hôpital. Je dois prendre mon mal en patiente, il y a environ soixante-sept kilomètres entre les deux destinations.

Vu l'heure, seize heures trois, j'ai un peu de temps devant moi. J'emprunte les deux Nationales N165 puis N171, elles sont fluides et rapides.

L'Hôpital Nord Laennec, implanté sur quarante-neuf hectares, a été mis en service en mille neuf cent quatre-vingt-quatre. Il constitue le second site médico-chirurgical du CHU de Nantes.

Il est compliqué de stationner à cet endroit, peu de places pour beaucoup trop de visiteurs. Je ne suis pas en retard mais juste à l'heure lorsque je rentre dans le service de l'allergologue. La

secrétaire m'accueille, elle est souriante, attentionnée. Elle prépare mon dossier médical pour le médecin puis elle m'oriente vers la salle d'attente emplie de monde.
— Le médecin viendra vous chercher, installez-vous.
Je peine à trouver une place mais si je ne m'assois pas, je doute de tenir debout longtemps. La seule solution qui s'offre à moi c'est de me mettre à même le sol adossée au mur. Heureusement que le parterre semble propre.
Ce rendez-vous est très important à mes yeux, il va peut-être m'apporter les réponses tant attendues. Du moins, je l'espère.
Après une longue attente de pratiquement trente minutes, l'allergologue m'appelle.
J'entre dans son cabinet, je remarque le fauteuil d'auscultation à gauche.
Je le remercie de m'avoir proposé ce rendez-vous.
Nous sommes face à face, il lit le courrier de mon médecin traitant puis il m'explique comment il va procéder.
L'examen va être long.

Je me dirige vers le fauteuil, il me demande de monter mes manches le plus haut possible. Il procède alors au dépôt de diverses gouttes sur mes deux avant-bras selon une procédure bien précise. Il entoure au stylo Bic bleu toutes les gouttes puis nous devons attendre les résultats. S'il y a une réaction rouge, c'est le signe d'une allergie, selon l'intensité et l'étendue de la couleur, elle est soit modérée, moyenne ou forte.

— Vous pouvez vous reposer si vous le souhaitez, j'ai fini. Maintenant nous devons attendre.

Il se dirige vers son bureau.

Je suis là, à moitié allongée plongée dans mes pensées. J'imagine Érine dans sa robe de mariée telle une princesse. Je revois mon propre mariage.

Que les années passent vite...

Après un long moment de somnolence, les résultats tombent.

Il entoure en rouge la zone réactive. À l'aide de scotch, il la relève pour l'apposer sur une feuille A4 dans un tableau avec plusieurs cases portant les intitulés : « Chat », « Chêne », « Chien » ...

Je l'observe, il paraît minutieux dans ses gestes.

Une fois cette tache finie, il nettoie mes deux avant-bras avec une lingette en me précisant que la réaction disparaîtra petit à petit.

Nous rejoignons son bureau, j'attends avec impatience ses conclusions.

— Alors, vous avez une légère intolérance aux chats mais cela ne suffit pas pour provoquer de tels symptômes. Regardez, la réaction est à peine visible. Je vous conseille de passer l'aspirateur quotidiennement et de brosser votre chat régulièrement si vous ne le faites pas déjà bien évidemment.

— D'accord. Donc vous êtes certain que ma Kalia n'est pas l'élément déclencheur de la sinusite chronique ?

— Oui, j'en suis absolument certain. Votre sinusite n'est pas due à une quelconque allergie. Depuis quand avez-vous votre chatte ?

— Nous l'avons recueilli l'été dernier.

— Cela confirme mon résultat. La réaction allergique agit dès le premier contact avec le mis en cause. Ce n'est pas au fil du temps mais instantanément. J'espère que mon pronostic va aider votre médecin à trouver des réponses. Ma secrétaire lui transmettra les résultats par email. Bon courage Madame.

Il me tend un exemplaire du tableau.
— Merci beaucoup Docteur.
Là, je suis totalement désemparée !
Bon sang, mais que m'arrive-t-il ?
Quel est donc ce mal qui me ronge chaque jour un peu plus ?
Avant de rentrer, je vais à la pharmacie la plus proche pour acheter les gouttes prescrites par l'ORL puis je prends la route du retour. Elle me semble interminable. Je n'ai qu'une hâte c'est de me poser dans mon lit après une bonne douche.
J'arrive au Château, la voiture de Sandrine est garée devant.
Un dernier coup d'œil dans le rétroviseur, j'ai une mine de déterrée malgré le maquillage.
Je me sens lasse, si lasse.
Mon rythme cardiaque s'accélère, des bourdons envahissent mon esprit, mon front est pris dans un étau insupportable, ce n'est pas le moment de perdre connaissance.
Je respire un bon coup. Je prends un petit morceau de sucre avec une goutte de menthe poivrée (je garde toujours dans mon sac à main ces deux ingrédients désormais, juste au cas où).
Sandrine s'approche, le sourire aux lèvres.

— Bonsoir Maman, est-ce que tout va bien ? Tu me sembles vraiment fatiguée, me dit-elle en ouvrant ma portière.

— Je le suis mais ne t'inquiète pas, le médecin va bien s'occuper de moi, je suis entre de bonnes mains.

— C'est avec lui que tu avais rendez-vous ? Papa n'a pas été en mesure de me répondre.

— Normal je ne lui ai rien dit pour l'instant. Rentrons ! Tu me raconteras toutes les nouvelles, dis-je en sortant de la voiture.

Je la prends par le bras, nous nous dirigeons vers l'entrée principale. Je retrouve mes habitudes, mon chez moi, la chaleur de mon foyer, que c'est plaisant.

D'ailleurs, Beethoven arrive en trompe pour m'accueillir, fidèle à lui-même. Cédric n'est pas loin derrière l'air inquisiteur.

— Mais où étais-tu passée ? Je commençais à m'inquiéter ! Tu as vu l'heure ! Et ton téléphone ? Comment se fait-il qu'il soit resté ici ? me demande-t-il.

Oh mon Dieu ! Je l'ai laissé sur la coiffeuse de la chambre, je l'ai complétement oublié !

Il est vrai que la nuit est tombée, je regarde ma montre, il est un peu plus de dix-neuf heures quinze. Je pensais revenir plus tôt.

— Je suis là, c'est le principal, lui dis-je en m'approchant vers lui. Je t'avais prévenu que je rentrerai vers cette heure-ci. Enfin, vers dix-neuf heures.

— Oui mais j'ai essayé de te joindre pour te demander de passer prendre un dossier chez Vincent, ton téléphone sonnait dans le vide d'où mon inquiétude. Tu ne pars jamais sans ton portable. C'est Sandrine en allant à sa chambre qui l'a entendu sonner ! Que t'arrive-t-il en ce moment ?

Si seulement je le savais ! Je me pose cette question tous les jours depuis fin décembre.

— Excuse-moi Chéri. En fait, j'ai eu deux rendez-vous médicaux cette après-midi, je vous expliquerai les choses tranquillement pendant le souper, il n'y a rien de grave en soit mais vous devez être au courant, dis-je en regardant à tour de rôle Sandrine et Cédric.

Il est temps pour moi de parler, de partager avec eux mes problèmes de santé, du moins, en partie. Je n'ai pas le droit de garder secret quelque chose d'aussi important. Au vu des nouveaux éléments d'aujourd'hui, ma famille restera mon meilleur soutien.

Dans la salle à manger, tout est prêt pour diner. Il ne manquait que moi en fait.

Je comprends alors l'inquiétude de Cédric, elle est justifiée. Je pense que j'aurai réagi exactement de la même façon.

Il est clair que de nos jours, nous sommes devenus dépendants de nos téléphones portables. Si nous avons le malheur de l'oublier, nos proches se font du souci inutilement mais c'est légitime.

L'époque est ainsi.

Elle est même pire pour notre jeunesse avec les réseaux sociaux. Je le vois bien pour Érine et Sylvain. Ils ont activé leur géolocalisation respective via Snapchat, au moindre déplacement, ils se surveillent mutuellement. Je trouve cela malsain mais pour eux c'est normal. Nous nous installons à table, Cédric et Sandrine me regarde l'air interrogateur. Il est l'heure de parler.

— Alors voilà, depuis fin décembre j'ai une sinusite qui ne guérit pas ce qui engendre ma fatigue. Notre médecin généraliste cherche d'où vient le problème. Cette après-midi, je me suis rendue chez un ORL et un allergologue. Pour l'instant, je n'en sais pas plus. J'ai une très légère réaction aux chats mais pas suffisante pour avoir de tels symptômes. Et toi ma chérie, comment s'est passée ta semaine ?

Je n'en dirai pas plus, je ne parlerai pas de mes douleurs, mes pertes de connaissances, mes vomissements, mes saignements et tout le reste. Sandrine raconte les dernières nouvelles de ces jours-ci puis nous en venons au mariage qui se profile bientôt.

J'imagine Cédric au bras d'Érine fier et droit dans un magnifique costume taillé pour l'occasion.

Bon, revenons à l'instant présent, c'est trop tôt pour avoir une telle imagination, la date n'est pas encore fixée. Nous en saurons plus le week-end prochain.

La journée s'achève, je ne tarde pas à aller me coucher en espérant que demain sera meilleur. J'envoie un sms à Ophélie pour lui demander de venir Dimanche après-midi, je vais lui proposer un contrat de travail au sein de ma boutique. Je ne me sens absolument pas en capacité de la gérer au quotidien. Elle ne tarde pas à me répondre par un grand Oui.

Un dernier baiser aux personnes qui comptent le plus pour moi avant de monter prendre ma douche puis me glisser sous ma couette bien chaude.
Vais-je dormir paisiblement ?
J'en doute fort. Les nuits sont difficiles avec ce nez en parti obstrué.
Demain sera un autre jour.

9

LÉTHARGIE

Dimanche, le temps est magnifique aujourd'hui, il fait frisquet mais le soleil brille de toute ses forces. Je suis là, devant la fenêtre à profiter de sa chaleur. Quel plaisir !
Ophélie ne devrait pas tarder à arriver. Nous irons papoter à l'extérieur, nous nous installerons sur la terrasse.
Je me rends à la cuisine, je prépare des petits gâteaux, du café que je verse dans le thermo pour qu'il reste bien chaud. Je prends la bouilloire pour mon infusion et je dépose tout ce qu'il faut sur un plateau.
Je ne bois plus de café depuis quelques jours, il me provoque des brûlures d'estomac.
Du coup, je bois une infusion drainante bio à base de plantes offerte par Ophélie. Elle devrait être plus bénéfique.
Ma boite d'infusion est pratiquement vide, heureusement que j'ai le stock. Je me dirige vers le placard pour en saisir une neuve mais c'est

étrange, elle est déjà ouverte. Je ne m'attarde pas sur ce petit détail anodin.

Hier, j'ai rédigé un contrat de travail, j'espère qu'Ophélie va l'accepter, cela me facilitera la vie. Je n'ai guère envie d'employer une inconnue pour me remplacer temporairement. Ma boutique de prêt-à-porter est très importante à mes yeux, c'est un peu mon bébé. Si je lui présente les choses ainsi, je pense qu'elle sera d'accord.

Je traverse la salle de réception et le grand salon avec mon plateau en main, puis je le pose sur la table basse.

J'enfile mon manteau, mon écharpe, mon bonnet et je me dirige vers la porte vitrée.

J'ouvre. Le froid est bien là.

Je récupère mon plateau pour le mettre sur la table extérieur. Je m'assois sur l'une des chaises en attendant qu'Ophélie arrive.

Sandrine me rejoint, elle s'installe à côté de moi.

— Je peux te poser une question Maman ?
— Bien-sur ma chérie.
— Es-tu certaine de tout nous dire concernant ta santé ? Je vois bien qu'il s'agit plus que d'une simple sinusite. Je ne t'ai jamais vu rester à la

maison. Ton magasin est trop important pour que tu le laisses entre les mains d'une tiers personne même s'il s'agit d'Ophélie.

— Tu as raison ma chérie mais entre nous, je ne comprends pas pourquoi je suis dans cet état physique. Le médecin essaye de trouver les réponses. Ne t'inquiète surtout pas, dès que j'en saurai plus, je t'en parlerai. D'ailleurs, aujourd'hui je vais proposer un contrat de travail à Ophélie, elle m'apporte un tel soutien qu'il est normal de tout mettre sur papier.

— D'accord maman. Tu sais que tu peux compter sur moi, si besoin, je peux épauler Ophélie à la boutique pendant les vacances.

Une voiture entre dans la cour, les pneus craquent sur le gravier.

Nous nous levons, Ophélie est là.

Non pas maintenant !

Je sens que je vais tomber, je me rattrape de justesse sur le rebord de la table. Sandrine se retourne, elle vient à mon aide.

— Ce n'est rien ma chérie, ça va aller. C'est juste un petit étourdissement finalement.

Je me ressaisis tant bien que mal.

Nous rejoignons Ophélie vers son véhicule, elle est resplendissante.

— Waouh ! Tu es sur ton trente-et-un aujourd'hui ! Lui dis-je en souriant.
— Tu as vu ! J'ai fait un effort pour toi, me répond-t-elle en rigolant.
Nous nous serons dans les bras. Mon amitié pour elle est immortelle.
— Nous boirons le café à l'extérieur si cela ne te dérange pas. J'ai envie de profiter un peu du soleil malgré le froid.
— C'est toi qui vois.
Nous voici parties toutes les trois vers la terrasse engazonnée bien emmitouflées dans nos manteaux, mon écharpe enroulée correctement autour de mon cou. Je ne sens pas trop le froid, c'est même agréable de sentir ces quelques rayons de soleil sur mon visage.
— Cédric n'est pas là ?
D'ailleurs il arrive à ce moment précis.
— Bonjour Ophélie, j'entends mon prénom par ici, dit-il avec une pointe d'humour.
Il ne manque qu'Érine pour avoir les personnes que j'aime le plus au monde en ma compagnie. Je pense que le week-end prochain je vais organiser un repas tous ensembles. Ce sera une façon de fêter la grande nouvelle, bientôt le

mariage ! Cette idée me ravit, je la partage avec eux.
— Que diriez-vous d'un repas ensemble avec Érine et Sylvain dimanche prochain ?
Ils acquiescent tous les trois avec un large sourire aux lèvres.
Nous échangeons sur diverses choses autour d'une tasse fumante puis Cédric se tourne vers Sandrine.
— Je vais me balader à cheval, tu m'accompagnes ? propose-t-il.
— Pourquoi pas.
Ils nous quittent, nous sommes seules, nous allons pouvoir aborder les sujets importants.
— Attends-moi ici, je reviens dans quelques minutes, je vais chercher un dossier, reprends du café si tu veux, dis-je à Ophélie.
— Avec plaisir, je te sers une infusion ?
J'acquise de la tête avant de me diriger vers l'intérieur.
Le dossier en main, je retourne à la terrasse puis j'explique en détail à Ophélie les derniers évènements concernant ma santé, mon ressenti, mon inquiétude. Ophélie est ma confidente depuis l'enfance.

Du coup, lorsque je lui propose le contrat de travail, elle ne peut pas refuser. C'est un soulagement.

— Je peux bien faire ça pour toi car je sais que tu en ferais autant pour moi. Et puis je t'avoue que m'occuper de ton magasin m'apporte un objectif dans ma vie chaotique tout compte fait même si la vente n'est pas mon domaine. Merci de ta confiance. Tu es ma meilleure amie et j'espère de tout cœur que tu vas vite te rétablir, je ne sais pas ce que je deviendrai sans toi dans ma vie, me dit-elle en prenant mes mains.

— C'est réciproque. Je ne conçois pas de laisser ma boutique à une autre personne que toi. J'ai confiance en toi, en notre amitié. Je suis soulagée. Ton accord vaut beaucoup à mes yeux.

Il commence à faire un peu trop froid à mon gout. Je tremble.

— Rentrons, je ne me sens pas bien, dis-je.

J'ai une envie soudaine de vomir, ma tête tournille, je tremble de tout mon corps, c'est insupportable. Je vais pour me lever et là, ce n'est pas comme d'habitude. C'est beaucoup plus violent. Je vomis d'un jet inattendu, je n'ai même pas eu le temps de me pencher en avant.

D'un coup net, je tombe !
Je me sens partir, Ophélie panique.
Je l'entends m'appeler de toutes ses forces. Je souffre atrocement, mes entrailles se tordent, mon souffle s'atténue, j'ai dû mal à respirer.
Mon cœur bat la chamade, mes oreilles sifflent si forts. Je tremble intensément, il m'est impossible de me contrôler.
Lorsque soudain, je flotte, la sensation étrange de quitter mon corps, d'abandonner la terre ferme.
D'ordinaire je reviens vite à moi mais cette fois-ci, c'est totalement différent.
Je me vois au sol, allongée, inerte.
Je flotte de plus en plus haut.
La voix d'Ophélie s'éloigne peu à peu.
C'est alors que ma vie défile à toute allure devant mes yeux telle une hallucination.
Je me vois jouer avec Ophélie dans ma chambre quand nous étions enfant.
Je me vois préparer le goûter avec Maman.
Je revois ma première rencontre avec Cédric, il est si beau.
Je me vois monter les marches de l'église lors de notre union.
Je me vois enceinte d'Érine.

Je revois mon accouchement d'une magnifique petite fille et tous ces sourires radieux autour de nous.

Je me vois tenir sa petite main lors de ses premiers pas, puis je revois également Sandrine dans ses meilleurs instants.

Je me vois à l'ouverture de ma boutique, nos premiers pas au Château, ainsi de suite...

J'ois au loin des sirènes, peut-être les pompiers. Elles s'approchent mais me semblent si éloignées à la fois. C'est comme un bruit de fond pendant que des flashs de ma vie défilent à tout allure.

Une sensation très étrange m'envahit, j'ai le sentiment d'être de plus en plus apaisée.

Est-ce la mort qui vient ?

Je discerne à peine les personnes qui s'affairent autour de moi.

Je perçois faiblement les mots :

— On est en train de la perdre !

Je suis si légère... puis soudain, plus rien !

10

DIAGNOSTIC

Cédric et Sandrine arrivent en courant dans le service de réanimation médicale de l'Hôpital de Saint Nazaire. Ophélie est dans la salle d'attente, elle est anéantie, les yeux explosés par le choc et le chagrin.
Sandrine en pleure se jette dans les bras d'Ophélie.
— Que s'est-il passé ? Demande Cédric.
Les mots ont du mal à sortir. Ophélie racle sa gorge plusieurs fois avant de pouvoir répondre, ses mains tremblent.
— Stéphanie est dans le coma, les médecins sont à son chevet, ils vont pratiquer divers examens médicaux. Ils ne m'ont rien dit de plus. Je n'ai pas pu la voir pour l'instant. Ils m'ont demandé d'attendre ici. J'ai cru qu'elle était morte ! Confie-t-elle en sanglotant.
— Je vais essayer de trouver une personne pour me dire ce qu'il en est.
Cédric part à la salle des infirmières, il n'y a personne. Il retourne à la salle d'attente, il est

hors de question de rester là sans avoir aucune information.

Sandrine et Ophélie s'assoient côte à côte, elles sont effondrées.

Cédric descend à l'accueil de l'hôpital pour demander à voir immédiatement le responsable du service de réanimation.

— Monsieur, je comprends votre désarroi mais nous sommes dimanche, le médecin de garde s'occupe de votre épouse, il viendra dès que possible vous donner des nouvelles. Veuillez attendre dans la salle d'attente du service concerné s'il vous plait.

Les nerfs montent, Cédric a du mal à se contenir mais il n'a guère le choix que celui de remonter dans le service et d'attendre.

Les minutes semblent durer une éternité lorsque, enfin, un homme en blouse blanche avec la mention Chef de service accroché au niveau de la poitrine apparaît dans l'encadrement de la porte. Tous se lèvent en même temps.

— Vous êtes les proches de Stéphanie ?

— Je suis son époux et voici notre fille cadette, dit Cédric en présentant Sandrine.

— Nous avons réussi à stabiliser l'état de votre épouse mais elle est dans un coma carus, dit profond. Pour l'instant, nous n'avons pas assez de recul pour comprendre l'origine de ce coma. Nous sommes en lien avec votre médecin généraliste qui nous a apporté quelques précisions. Nous en saurons mieux dans quelques heures.

Sandrine est en larme, son cœur se déchire, elle a envie d'hurler.

— Puis-je voir ma mère Docteur ? S'il vous plait, j'ai besoin de la voir, d'être à ses côtés.

— Rester à ses côtés ne sera malheureusement pas possible aujourd'hui mais je vous accorde quelques minutes avec elle. Il faudrait lui apporter quelques affaires personnelles.

— Bien entendu Docteur, répond Cédric.

— S'il y a du changement je vous préviendrai par téléphone. Il est inutile de rester ici ce soir. Bon courage à vous, dit-il en serrant les mains à tour de rôle.

Le médecin accompagne Sandrine jusque dans la chambre de Stéphanie. Sandrine voit sa mère branchée à divers appareils totalement inerte dans ce lit. Une vision insupportable !

Sandrine s'approche, dépose un baiser sur sa joue, puis tendrement lui glisse un message d'amour au creux de l'oreille.

— Je t'aime Maman, ne m'abandonne pas. Reviens, je t'en supplie.

Un dernier baiser puis elle sort de cette chambre plus mal qu'avant, ce bip incessant indiquant les battements du cœur de Stéphanie résonne au plus profond de son esprit. Comment est-ce possible ?

Elle le pressentait que quelque chose n'était pas normal.

De retour auprès de Cédric et Ophélie, elle décrit la scène, les sanglots l'étrangle. Cédric la prend dans ses bras, il ne sait pas quoi dire pour la rassurer. Cette souffrance le déstabilise, comment réagir face à cela ? Il ne le sait pas.

Ils décident de tous rentrer au Château, c'est le mieux à faire pour l'instant.

Érine, prévenue par téléphone, est sur la route du retour, c'est Sylvain qui conduit. Elle était complètement anéantie à l'annonce de la nouvelle. Ils devraient être là dans quelques heures, aux alentours de vingt heures.

Lorsque Sylvain et Érine arrivent au Château, c'est Sandrine qui les accueille. Elle leur explique ce qu'elle sait, pas grand-chose en fin de compte.

Cédric et Ophélie sont sidérés, affalés dans les fauteuils du grand salon, ils ne comprennent pas. C'est si soudain, si violent.

Érine n'aura pas vu sa mère. Elle regrette d'être partie ce week-end. Plusieurs sentiments se mélangent en elle. Entre tristesse, culpabilité, incompréhension et colère, la nuit va être longue.

Ophélie quitte la famille en serrant chacun d'entre eux dans ses bras.

— Tiens-moi au courant s'il te plait, demande-t-elle à Cédric.

Les lumières du Château s'éteignent mais le sommeil ne viendra pas.

Au petit matin, il n'y a aucun changement significatif, Stéphanie est toujours dans le coma. Cédric prévient les employés du Château dès leur arrivée. Le couple d'intendants était absent hier, Jean-Pierre et Marie découvrent en même temps que les autres l'état de santé de Stéphanie.

C'est la stupéfaction générale ! Ils sont tous touchés. Une seule sort du lot, Sandra !

Elle ne montre aucune émotion, Cédric la fusille du regard !

Certains résultats des divers examens devraient arriver dans la journée.

L'attente est longue !

Tous s'interrogent. Trop de questions sont en suspens.

Cédric appelle l'hôpital en cours de matinée, l'infirmière du service lui indique qu'il n'y a toujours pas de changement.

— Est-il possible de lui rendre visite avec mes deux filles ? questionne-t-il.

— Vous pouvez venir Monsieur mais n'oubliez pas de ramener des effets personnels de votre épouse.

— Bien entendu. Je vous remercie Madame.

Il raccroche. Érine et Sandrine le fixe, elles attendent les nouvelles.

— Il n'y a pas de changement mais nous pouvons lui rendre visite.

Ils décident d'aller à l'hôpital après le repas de midi.

Voir Stéphanie allongée ainsi sur ce lit, avec autant de branchements, fend le cœur de sa petite famille. Les larmes coulent, seul Cédric arrive à se contenir même si, voir l'amour de sa jeunesse dans un tel état ne le laisse pas indifférent. Stéphanie est la mère de ses filles, celle avec qui il a construit sa vie.

Le médecin entre dans la chambre en cours d'après-midi accompagné de son staff.

— Bonjour Messieurs, Mesdames, nous avons les résultats d'urines et d'analyses de sang. Je dois d'abord les étudier avant de vous en dire plus.

Il explique la situation à son staff et quitte la pièce.

— Bonne fin de journée malgré tout.

Il part sans apporter de réponses précises. Cédric, Érine et Sandrine ne comprennent pas. Mais que se passe-t-il ?

La journée s'achève dans le même état d'esprit que la veille.

Le Château est endormi, Cédric a réussi malgré tout à trouver le sommeil lorsqu'il entend plusieurs véhicules rouler sur le gravier. Le jour n'est même pas levé.

Des portières s'ouvrent et claquent. Qu'est-ce que c'est encore ?

Il se lève, enfile sa robe de chambre. Il n'a pas le temps de descendre que déjà sa tambourine à la porte.

— Police Judiciaire, ouvrez la porte !

Jean-Pierre surgit de la cuisine réveillé en sursaut suivi par Marie.

Cédric ouvre la porte, devant lui cinq hommes habillés en civil, badge de la PJ en main. L'un d'entre eux tient deux boites qui ressemblent à des glacières.

— Bonjour Monsieur, vous êtes l'époux de Stéphanie, le propriétaire des lieux ?

— Oui, que se passe-t-il ? répond-t-il en observant la scène.

Est-il bien réveillé ou s'agit-il d'un mauvais rêve ? Cédric est pourtant bien là face à ses hommes.

— Ceci est une perquisition Monsieur pour une tentative de meurtre envers votre épouse, dit celui qui semble diriger les opérations.

Il montre à Cédric un document d'autorisation de perquisitionner le Château.

— Comment ça ? Je ne comprends pas.

— Il s'avère que votre épouse a été empoisonnée, les résultats médicaux sont arrivés hier après-midi sur le bureau du Procureur de la République. Nous allons donc perquisition votre domicile Monsieur. Veuillez réunir toutes les personnes présentent dans l'une des pièces, le salon par exemple.

Cédric est abasourdi, c'est un cauchemar ! Érine, Sylvain et Sandrine arrivent à leur tour à peine réveillés.

Cédric demande à Jean-Pierre et Marie de venir avec lui au salon ainsi qu'à ses deux filles et son futur gendre.

Le policier s'adresse en priorité à Cédric.

— Votre épouse est placée sous protection judiciaire, précise-t-il. Je tiens également à vous informer que vous serez auditionné dans la journée ainsi que toutes les personnes travaillant ou vivant ici. Veuillez nous suivre Monsieur en tant que témoin dans toutes les pièces que nous fouillerons. À quelle heure arrivent vos employés ?

— Notre cuisinière Édith vient à huit heures, nos deux femmes de ménage Joséphine et Sandra arrivent à neuf heures. Notre couple d'intendants Jean-Pierre et Marie ici présent vivent sur place. Ils ont le logement de fonction à côté de la cuisine.

— Ok. Vu le nombre de pièce, nous n'aurons peut-être pas fini à neuf heures. Nous vous

donnerons vos convocations tous en même temps. Vous n'avez pas de chauffeur ?
— Non, je conduis moi-même mon véhicule.
Le Château est grand, il va en falloir du temps pour réaliser la perquisition correctement.
Érine et Sandrine sont sous le choc ! Les jambes de Sandrine ne la portent plus, elle s'assoie dans un fauteuil juste derrière elle. Quant à Érine, elle n'a plus de mot, elle est abasourdie, elle s'effondre dans les bras de Sylvain.
Comment est-ce possible ? Qui peut en vouloir à leur mère ? Tant de questions sans réponses ! Érine ne savait même pas que sa mère était malade depuis décembre !
— Tu étais au courant toi que maman n'allait pas bien ? demande-t-elle à Sandrine.
— Je me doutais bien qu'il y avait quelque chose d'anormal. Elle nous a dit vendredi qu'elle avait une sinusite chronique mais rien de plus. Je suis choquée.
Les deux sœurs restent silencieuses, leurs pensées divaguent. La peur de perdre leur mère prend le dessus. Il est inenvisageable que Stéphanie meurt.

Non, elles avaient un mariage à préparer, pas un enterrement !
Les larmes ruissellent sur leurs joues. Il faut qu'elles se ressaisissent, qu'elles soient fortes pour affronter la vérité.
Qui peut vouloir tuer leur mère ?
La perquisition commence.
Les policiers recherchent toutes substances s'apparentant à l'arsenic. Ils mettent sous scellé les Tupperwares contenant la nourriture destinée à Stéphanie, ses boissons, ses parfums, son maquillage, ses différents soins de beauté, tout ce qui pourrait servir d'empoisonnement.
Cédric observe la scène dans chacune des pièces. Il a le sentiment d'être mis à nu. Les forces de l'ordre fouillent chaque recoin, ils ne laissent rien au hasard.
Vers huit heures, Édith arrive à l'entrée destinée aux employés avec des yeux étonnés de voir un policier à la porte.
— Bonjour Madame, qui êtes-vous ?
— Bonjour, je suis la cuisinière du Château.
— Parfait, rejoignez les autres au salon et veuillez attendre, lui indique-t-il.
Elle regarde autour d'elle, que se passe-t-il ici ?
Marie lui explique brièvement les faits.

Il en est de même à neuf heures avec Joséphine et Sandra.

— Bon, tout le monde est réuni ? Parfait ! Alors, je vous explique les faits tels qu'ils sont. La propriétaire de ce Château a été empoisonnée volontairement avec de l'arsenic. Vous l'aurez compris, il s'agit d'une tentative de meurtre. En conséquence, je vous donne une convocation à chacun pour que vous soyez entendu en tant que simple témoin. Votre présence est obligatoire. Je vous demande de sortir votre pièce d'identité, puis je vous indiquerai le jour et l'heure de convocation.

Le policier sort son carnet de rendez-vous.

Jean-Pierre est le premier à se présenter suivi de Marie, Joséphine, Édith, Sandra, Sandrine, Sylvain et Érine. Ces deux derniers précisent qu'ils viennent d'arriver de Paris la veille au soir.

Une fois fini, tous les salariés partent à leur activités quotidiennes sans comprendre ce qu'il se passe réellement. La matinée est pratiquement terminée.

Le policier s'adresse à Cédric.

— Monsieur allez vous préparer, vous viendrez avec nous au commissariat ce sera plus simple.

Cédric est perplexe. Il sait très bien que dans toute enquête, le suspect numéro un est le mari.
— Dois-je m'inquiéter ?
— C'est à vous de me le dire. Devriez-vous être inquiété ?
Cédric préfère ne plus parler.
Il va à la chambre s'habiller. Il se regarde dans la glace de la salle de bain, il a une tête pitoyable. Un rasage s'avère indispensable même si cela n'effacera pas ses traits tirés. Le reflet du miroir dévoile un visage qu'il ne connait pas vraiment. Cédric se sent totalement déstabilisé, perdu...
Le voici prêt. Il descend rejoindre les enquêteurs.
Cédric est prié de monter dans l'un des véhicules des forces de l'ordre.
Ses filles le regardent s'éloigner, la journée risque d'être longue, très longue.
Les parents de Stéphanie ainsi que la mère de Cédric devraient arriver demain au Château. Il est nécessaire que toute la famille soit unie et présente en ces temps difficiles.
Quant à l'enquête, elle peut commencer.

11

QUI ?

Le mois de Mars s'est présenté sous différentes teintes, avec des journées un peu plus longues, parfois pluvieuses, parfois ensoleillées, parfois froides, parfois douces.
L'état de Stéphanie n'a pas évolué, ni régressé.
Les médecins ne savent pas si elle va se réveiller un jour mais surtout, ils ne peuvent pas prédire son état physique et neurologique à sa sortie du coma.
Plusieurs organes vitaux sont touchés, les reins, l'appareil digestif, le système respiratoire et peut-être même le cerveau. Pour l'instant, ils essayent de la maintenir en vie et d'éviter plus de dégâts.
Le médecin a clairement expliqué à la famille la symptomatique de la toxicité aiguë par l'ingestion d'arsenic (nausées, vomissements, douleurs abdominales, diarrhées...) ainsi que par l'inhalation prolongée entraînant une irritation des voies respiratoires (toux, douleurs dans les membres, douleurs inspiratoires,

céphalées, vertiges...). La guérison, si elle a lieu, sera très lente mais il n'a guère d'espoir. Stéphanie devrait être décédée, elle a résisté malgré tout.

Sa famille lui rend visite chaque jour hormis Érine et Sandrine qui viennent les week-ends. Elles doivent continuer leurs études à Nantes même si c'est un déchirement de ne pas être présentes au quotidien.

Ophélie gère très bien la boutique. Les filles, Érine et Sandrine, passent régulièrement vérifier. Pour l'instant, il n'y a rien à redire.

Sylvain et Érine ont décidé de reporter le mariage le temps qu'il faudra. Érine ne conçoit pas de vivre ce moment unique sans Stéphanie, elle ne peut pas fixer une date pour l'instant.

Au Château, les jours passent, chacun a ses occupations quotidiennes mais certaines vérités découvertes par les enquêteurs vont semer la zizanie au sein de la famille et des employés.

Après plusieurs semaines, les policiers ne savent pas vraiment qui est le véritable coupable dans cette histoire. L'enquête stagne.

Les résultats des analyses des pièces à conviction envoyées en laboratoire sont

formels, ils confirment le diagnostic médical concernant l'empoisonnement par inhalation.
C'est à l'aide de son parfum préféré transversé dans un flacon en verre soufflé datant de sa grand-mère que Stéphanie a été infectée peu à peu.
Mais en ce qui concerne l'ingestion, les enquêteurs n'ont pas retrouvé la trace d'arsenic au château.
Pourtant c'est bien l'ingestion qui aurait dû causer sa mort.
Ce n'est pas le cas.
Stéphanie est forte mais à quel point ?
Va-t-elle survivre ?
Si oui, dans quel état sera-t-elle à son réveil ?
C'est toute l'inquiétude de la famille.
Plusieurs pistes sont envisagées par les enquêteurs.
La première, ils ont découvert que Cédric avait une relation extraconjugale depuis quelques mois déjà. Les écoutes téléphoniques ont permis de connaître le nom de la femme concernée.
Sandra, cette jeune fille de l'âge d'Érine est arrivée au Château en tant qu'employée de maison récemment. Or, il apparait qu'elle

connait Cédric depuis plus longtemps. Ils se seraient rencontrés lors d'un repas avec l'un de ses clients dans un restaurant huppé de Nantes. Elle était serveuse, lui, il est tombé sous le charme.

Depuis ce jour-là, ils se sont revus de nombreuses fois puis leur relation est devenue plus intime d'où son arrivée au Château.

Voilà ce qui ressort de leur récente audition face aux preuves récoltaient par les policiers. Quarante-huit d'heures de garde à vue pour Cédric et Sandra qui, au final, a abouti à une simple supposition.

Aucun des deux n'avouera être responsable de l'état de Stéphanie.

La jalousie de Sandra pourrait être un mobile.

Ou alors, Cédric aurait très bien pu vouloir se débarrasser de son épouse.

Peut-être sont-ils complices ?

Il est probable que l'un d'eux puisse déposer facilement l'arsenic dans la nourriture et les boissons destinées à Stéphanie ainsi que dans le flacon en verre contenant son parfum.

Oui, c'est une probabilité viable.

Mais il n'y a pas que ce couple qui pourrait vouloir supprimer Stéphanie.

La deuxième piste étudiée concerne le couple d'intendants.

Cédric et Stéphanie ont notifié dans leur testament que si l'un d'entre eux décède, l'appartement de fonction reviendrait de plein droit à Jean-Pierre et Marie pour leur loyaux services.

Néanmoins, une clause est indiquée, ils doivent être employés au Château dans les mêmes fonctions actuelles lors du décès, mais également en tant que mari et femme.

Normalement, Jean-Pierre et Marie ne sont pas informés d'un tel héritage. Toutefois ils peuvent très bien l'avoir découvert lors d'une absence des propriétaires.

Ils ont toutes les clefs, accédant ainsi à toutes les pièces puisque Marie gère le Château et Jean-Pierre l'extérieur.

C'est une probabilité non négligeable.

La dernière piste ne fait pas l'unanimité au sein de l'équipe enquêtrice, cependant elle doit être étudiée pour ne rien laisser au hasard.

Lors des diverses auditions, il émane qu'une personne déteste Stéphanie plus que tout, elle ne s'en cache même pas.

En plus, cette personne aurait présenté Édith au couple en relatant toutes ses compétences culinaires qui d'ailleurs, n'en font aucun doute. Qui de mieux placé que la cuisinière pour empoisonner Stéphanie ?

Le seul problème, Édith ne monte pas à l'étage. Du moins, pas en apparence.

Il faut relever que l'arsenic est présent uniquement dans le flacon en verre de parfum et dans aucun autre produit de beauté ou de soin. Édith peut très bien monter en douce à la salle de bain du couple pour accomplir sa mission, mais cela reste risquée.

C'est l'une des raisons pour laquelle cette hypothèse ne fait pas l'unanimité.

La personne qui s'est portée garante d'Édith, c'est Catherine, la mère de Cédric.

Il est vrai qu'elle est restée un petit moment après les fêtes de fin d'année, elle aurait très bien pu elle-même verser l'arsenic dans le flacon de parfum lorsque Stéphanie était absente.

Il est vrai également qu'elle aurait préféré voir son Cédric marié à une femme possédant un titre tel que Comtesse, Duchesse…

Tous les proches de Stéphanie ont relaté la remarque déplacée de Catherine lors de la remise des cadeaux de Noël. Ils ont indiqué que Catherine se comportait ainsi constamment depuis le début de la relation entre Cédric et Stéphanie.

Mais de là à tuer la mère de ses petites filles, il y a une sacré différence.

Il est normal de ne pas apprécier certaine personne, cela ne signifie pas pour autant vouloir leur mort.

D'autant plus dans le cadre familial où chacun apprend à faire des concessions pour le bien-être de tous.

Toutes ces hypothèses n'aident pas les enquêteurs qui se retrouvent dans une impasse.

La pression monte !

Le juge d'instruction en charge de l'affaire veut que cette tentative de meurtre soit élucidée, et vite !

Il faut un ou une coupable derrière les barreaux !

Stéphanie et le Château font la une des journaux locaux depuis des semaines. Les journalistes mènent leur propre enquête, ils commencent à fourrer leur nez un peu trop de partout.

Une nouvelle décision vient d'être prise, le juge d'instruction ordonne la perquisition des domiciles de Sandra, Jean-Pierre et Marie mais également celui de Catherine et d'Édith.

Elles devront se dérouler le même jour à la même heure.

Voici une exigence qui va demander une sacré organisation et du personnel.

Est-ce que cela va apporter des réponses ?

C'est ce qu'espère le juge d'instruction.

12

DISCORDE

En ce dimanche soir pluvieux, Sandrine quitte Stéphanie avec beaucoup de mal. L'infirmière est venue à plusieurs reprises dans la chambre pour lui demander de partir.
Comme à chaque visite, Sandrine lui a raconté son quotidien, elle lui a parlé du temps, de ce qu'elle a mangé... Mais c'est le moment de partir. Sandrine lâche la main de Stéphanie, elle se lève puis se penche en direction de sa joue. Elle y dépose un tendre baiser et prononce toujours la même phrase dans le creux de son oreille.
— Je t'aime maman, reviens parmi nous, j'ai encore besoin de toi.
Sandrine a décidé de ne plus venir au Château, elle est très déçue par Cédric. Elle a choisi également d'aller voir Stéphanie en fin de journée pour éviter de le croiser.
Comment son père a-t-il pu agir de la sorte envers sa mère depuis des mois ? La

tromper ainsi, de surcroit avec Sandra à peine plus âgée qu'elle.

Pour Sandrine, c'est inconcevable !

Arrivera-t-elle à pardonner un tel acte à son père ?

Seul le temps répondra à cette question.

Pour l'instant, il faut digérer toutes ces révélations immondes qui entoure le Château.

Il y a environs une heure de route pour arriver à l'appartement, cela lui semble interminable.

Les essuie-glaces font un vas et vient régulier en émettant un bruit grinçant insupportable.

Quel soulagement d'entrapercevoir enfin l'immeuble.

Lorsqu'elle ouvre la porte d'entrée, Érine est assise sur le canapé devant la télévision, le regard absent. Sylvain n'est pas avec elle.

— Salut, comment vas-tu ? demande Érine en tournant la tête vers Sandrine.

Sandrine préfère ne pas répondre à la question.

Comment pourrait-elle aller bien dans de telles circonstances ?

— Salut, et toi ? Sylvain n'est pas resté ici ?

Sandrine enlève son blouson et s'assoie à côté de sa sœur.

— Non, il a du retard à rattraper dans ses cours, il est rentré chez sa mère. Perso, j'ai vraiment du mal, tout se mélange dans mon esprit. Je suis titillée par l'amour que je porte à notre père et ses actes envers maman. Comment fais-tu pour ne plus venir au Château ? Tu penses que papa a une part de responsabilité dans tout ça ? Franchement, certes il a trompé maman mais je ne le vois pas envisager sa mort ! Pour moi c'est totalement inimaginable !
— Je pense comme toi, rassure-toi, ce n'est pas la question. Je suis tout autant que toi perturbée par la situation. Mais de là à penser que papa est responsable de la tentative de meurtre, non ! Absolument pas ! C'est sa trahison envers maman que je ne cautionne pas ! Je suis tellement en colère contre lui que pour l'instant je préfère ne pas le voir et pourtant, tu sais combien j'aime le Château mais je veux juste que maman revienne parmi nous, dit-elle en s'effondrant en larme la tête entre ses mains.
Que cette situation est difficile pour toutes les deux.
Érine se rapproche d'elle, la serre tendrement dans ses bras et éteint la télé.

— Est-ce que tu as des nouvelles de l'enquête ? demande Sandrine en tournant son visage empli de larmes vers Érine.
— Non, pas du tout. Je me disais même que nous devrions nous constituer partie civile cela nous permettrait d'avoir accès au dossier de l'enquête. Après tout, nous sommes victimes de l'état de notre mère. Qu'en penses-tu ?
— C'est une bonne idée. Il faudrait prendre rendez-vous avec un avocat qui ne connait pas nos parents.
— Tu as raison, je m'en occupe demain si tu veux.
— Et si maman décède ? Demande Sandrine entre deux sanglots.
Le silence s'installe. Érine ne trouve pas les mots pour réconforter sa petite sœur. Elle est incapable d'imaginer Stéphanie morte.
Elles restent ainsi l'une contre l'autre un long moment dans ce semblant de quiétude rempli de douleur.
Que les nuits sont longues et difficiles depuis plusieurs semaines.
Autant les journées passent vite mais dès que l'obscurité s'installe, c'est totalement différent.
Les questions fusionnent entre elles sans cesse.

Qui ?
Pourquoi ?
Comment ?
Quand ?
C'est perturbant de se dire qu'il y a une personne capable de vouloir tuer Stéphanie.
Cet individu est soit un membre de la famille, soit un employé. Dans tous les cas, il s'agit de quelqu'un qui vit dans le Château.
Comment s'imaginer qu'un être proche puisse agir ainsi ? Oui comment ?
Les perquisitions des domiciles de Catherine, Édith, Sandra, Jean-Pierre et Marie, ont eu lieu le lendemain, en l'occurrence le lundi matin. Les gendarmes et la police judiciaire ont travaillé main dans la main pour mener à bien cette mission de grande envergure dont personne n'aurait eu soupçon.
Malheureusement, aucune trace d'arsenic n'a été trouvé.
C'était à prévoir !
Lorsqu'il s'agit de tentative de meurtre, le responsable ou la responsable ne garde pas les pièces à convictions à son domicile.

Il faudrait vraiment être stupide pour conserver chez soi le produit qui a causé l'état actuel de Stéphanie.

Les auditions des personnes concernées vont recommencer. Les enquêteurs espèrent ainsi réussir à faire craquer le ou les responsables. Les premières semaines sont capitales. Plus le temps passe, plus il sera difficile d'obtenir des aveux. Ils le savent bien !

Leur intuition reste figée sur Cédric et Sandra. Néanmoins, le juge d'instruction ne veut pas écarté les autres pistes.

C'est une enquête complexe, il n'y a pas de témoins. Aucune personne n'a remarqué quelque chose de suspect hormis l'animosité de Catherine et celle également de Sandra envers Stéphanie.

D'ailleurs s'il y a bien une femme qui ne manque pas de critiquer Sandra depuis son arrivée au Château c'est Érine, elle l'insupporte. Entre les deux jeunes demoiselles, les tensions ont toujours été présentes. Personne ne dira le contraire mais cela n'a rien à voir avec l'empoisonnement de Stéphanie.

Suite aux derniers évènements, Érine a demandé spécifiquement à Cédric le renvoi de Sandra.

Sandra ne devrait plus faire partie de l'effectif salarial à la fin du mois. Cédric aurait dû prendre cette décision par lui-même. C'est hallucinant que ce soit sa propre fille qui réclame le licenciement de Sandra, même si, rappelons-le, elle est présumée innocente sans preuve du contraire, ni mise en examen.

Vu la discorde au sein de sa famille, Cédric a également mis fin à leur relation amoureuse.

Est-ce réellement le terme de leur histoire ? Ils semblaient si proches dans leurs échanges d'après les relevés téléphoniques. Des mots doux quotidiens, du lever au coucher.

Les enquêteurs émettent un doute, ils ne tiennent pas compte de ce changement de position.

Dans ce genre de situation, ces réactions sont courantes, des amants qui font un break pour brouiller les pistes, c'est si commun !

13

QUIÉTUDE

Je reviens à moi mais avec cette sensation étrange de flotter à nouveau au-dessus de mon corp. Plusieurs personnes s'affairent à mon chevet, je ne reconnais pas cet endroit enveloppé de blanc, ni ces voix.
J'aperçois au loin une lumière d'une pureté incroyable et je me sens si légère...
J'essayé de me mettre debout tant bien que mal pour rejoindre cette illumination qui m'attire.
J'ai toujours ce sentiment de flottement, de légèreté.
Mon corps est inerte, allongé dans cette pièce que je ne connais pas et pourtant, je suis là à avancer vers cet éclat lumineux.
Est-ce la mort qui m'appelle ?
Pour atteindre cette lumière, j'emprunte un tunnel sombre, mais étrangement, je n'ai pas peur. Au contraire, je suis apaisée. Je ne ressens aucune douleur.
Suis-je devenue un ange ?
Suis-je entre les deux mondes, la vie et la mort ?

Je n'ai jamais vu de toute mon existence sur terre une telle lumière, elle est d'une clarté inimaginable.

Plus j'avance vers elle, plus elle m'aveugle mais je veux savoir, j'ai envie de découvrir son secret.

Je protège mes yeux à l'aide de ma main droite, je progresse lentement.

L'éclat lumineux m'absorbe, je suis complètement aveuglée mais comme par magie, me voici de l'autre côté. Je suis émerveillée. J'ai l'impression d'être au paradis.

L'herbe est d'un vert éclatant, une petite rivière coule lentement à ma gauche. Au centre, il y a un tapis de fleurs étincelantes aux multiples couleurs dégageant une douce odeur printanière autour d'un grand chêne où je perçois le chant mélodieux de plusieurs oiseaux. J'ai l'impression que ce majestueux arbre atteint le ciel, je ne vois pas sa cime.

Je ne touche pas le sol, j'ai inlassablement la sensation de flotter, une quiétude infinie.

Un être scintillant de beauté s'approche. Qui est-il ? Son visage est à peine visible.

Il me tend la main sans un mot, j'accepte cette invitation. Nous avançons ensemble vers ce grand chêne qui me semble éternel.

L'être merveilleux pose ma main contre le tronc, un flash m'envahit. En un claquement de doigt me voici dans le ventre de ma mère.

J'entends ses battements de cœur, l'air qui entre et qui sort de son corp, le bruit de son ventre, le timbre de sa voix. Je suis bercée dans ce liquide si protecteur.

L'instant d'après, je me sens oppressée, à l'étroit dans cet utérus. Je me débats, il faut que je sorte !

J'étouffe un cours moment puis c'est la délivrance, je hurle à plein poumon !

Ma naissance !

L'être merveilleux m'attend, il me tend la main puis me guide sous ce grand chêne vers un sommeil doux et apaisant.

Je suis posée là, je n'ai pas la notion du temps. Il s'est arrêté.

Mon voyage continue entre des périodes de ma vie et le retour au paradis. Tout me semble si réel et irréel à la fois.

Parfois lorsque je suis allongée sous cet impressionnant chêne, j'entends la voix de mes proches au loin qui flotte dans l'air. Ce sont celles d'Érine et Sandrine essentiellement. Elles me parlent d'elles, de leur quotidien.

Il me semble discerner quelques sanglots. J'ai envie de leur dire :
— N'ayez crainte mes chéries, je suis apaisée, je ne souffre pas, même si la balade que j'entreprends dans le cycle de ma vie est parfois difficile, je vais bien. Je suis libérée...
Le voyage continue inlassablement.
Je traverse toute mon enfance, mon adolescence, ma vie de femme avec parfois un sentiment de détachement.
Je suis spectatrice de ma propre vie où les émotions sont multipliées par cent.
J'ai l'impression d'acquérir la connaissance suprême de l'esprit mais ce que j'aime le plus, c'est d'être allongée sous cet arbre.
Je me promène de moins en moins dans mon passé.
L'être merveilleux se couche à mes côtés, il ne pose plus ma main sur le tronc du chêne, il la tient avec Amour. Je ne ressens désormais que de l'Amour et de la Paix.
Les voix de mes proches se sont éteintes lentement dans ce petit paradis qui est devenu le mien. Je n'ai pas envie de partir d'ici.
Je suis délivrée de toute douleur avec mon être merveilleux à mes côtés, mon Ange, mon

protecteur, celui qui m'a emmené au plus profond de moi-même.
Celui qui m'a apaisé.
Je m'endors une dernière fois pour ne plus jamais me réveiller.

« Mon Ange »

Ferme les yeux
Prends ma main
Je t'emmène au loin
Vers un monde merveilleux

Un monde sans violence
Et nous serons heureux
Où les anges dansent
Autour d'un feu joyeux
Les fées nous accueilleront
Comme des êtres enchantés
Elles nous envoûteront
Pour ne plus être séparés

Ferme les yeux
Prends ma main
Je t'emmène au loin
Vers un monde merveilleux

N'ai aucune crainte
Je saurai te rassurer
Il n'y a aucune feinte
En ce monde étoilé
Seul nos mains attachées
Avec ces liens invisibles
Ceux laissés par les Fées
Pour un amour invincible

Ferme les yeux
Prends ma main
Je t'emmène au loin
Vers un monde merveilleux…

14

HOMICIDE

Cédric dort profondément lorsque son téléphone le réveille en sursaut. Mais qui peut bien l'appeler ?
Le jour n'est même pas levé.
Il allume sa lampe de chevet et répond :
— Oui
— Bonjour Monsieur, c'est le service de réanimation, je suis l'infirmière chargée de votre épouse. Je m'excuse de vous déranger si tôt mais il y a une urgence. Vous devriez venir à l'hôpital dans la matinée accompagné de vos filles.
— Que se passe-t-il ? demande Cédric en se raclant la gorge.
— Je ne peux rien vous dire de plus, le médecin vous expliquera tout à votre arrivée.
— Entendu. Dans ce cas, je vais prévenir mes filles. Y a-t-il une heure de préférence ?
— Non, venez selon vos possibilités entre neuf heure et midi.
— J'en prends note. Bonne journée.

— Bonne journée également Monsieur.

L'infirmière raccroche, Cédric est perplexe. Il regarde l'heure sur son portable, cinq heures dix-sept. Pourquoi le contacter à cette heure-ci ?

Que se passe-t-il encore ?

Il se recouche dans ce grand lit vide.

Kalia dort à la place de Stéphanie, elle est allongée de tout son long.

Des questions le tourmentent, il est impossible de trouver le sommeil.

À force de tourner dans un sens puis dans l'autre, Cédric se lève.

Il enfile sa robe de chambre et descend à la cuisine. Le Château lui semble mort, aucun bruit hormis le pas lourd de Beethoven qui le rejoint, tout penaud, s'assoyant à l'entrée de la pièce pour observer son maître.

Kalia ne tarde pas non plus. Elle se frotte aux jambes de Cédric réclamant son attention. Il manque trébucher.

Kalia saute sur l'un des bancs, elle s'y sentira plus en sécurité. Ce n'est pas évident d'être une minette. Les humains ont tendance à oublier sa présence.

Cédric sent que cette journée risque de rester dans les annales, il a un mauvais présentiment.
Il est inutile de toute façon de faire des suppositions, il doit prendre son mal en patience en attendant une heure respectable pour appeler Érine et Sandrine, même si l'envie de composer les numéros de téléphones lui brule les doigts.
Sachant qu'elles se lèvent vers six heures trente, il n'a pas le choix que celui de patienter.
Un café, puis un deuxième, Cédric vérifie l'heure régulièrement, il décide de monter prendre une douche bien chaude.
L'eau ruisselle sur son visage, son corp, il resterait bien ainsi, c'est si apaisant.
Depuis plusieurs semaines désormais son univers s'effrite. L'état de Stéphanie, les soupçons de la police, ses clients de plus en plus sceptiques à son égard, et pour couronner le tout, Sandrine qui ne lui adresse plus la parole.
Cédric peut concevoir la réaction de Sandrine, lui-même il ne sait pas comment il aurait réagi à sa place mais c'est extrêmement difficile.
À aucun moment il n'a pensé causer une telle discorde au sein de sa famille.

Il s'est laissé porter par les évènements sans vraiment songer aux conséquences.

De toute façon, il est trop tard pour revenir en arrière, le passé est passé.

Une fois prêt, il est temps de prendre son courage à deux mains et de contacter ses filles.

Sandrine est toujours la première levée, il compose donc son numéro.

Va-t-elle répondre ?

Le téléphone sonne, personne ne décroche.

Un soupir s'échappe de la bouche de Cédric. Il ne lui reste plus qu'à joindre Érine.

— Coucou Papa, pourquoi tu m'appelles de bon matin ? C'est maman ? C'est ça ?

— Bonjour ma chérie, ta sœur est levée ? Es-tu avec elle ?

— Oui, qu'est-ce qu'il se passe ?

— Mets le haut-parleur s'il te plait.

— Voilà, c'est fait.

— Bonjour à toutes les deux, j'ai reçu un appel de l'hôpital très tôt ce matin...

Les mots ont du mal à sortir, sa gorge racle.

Il reprend :

— Le médecin souhaite nous voir tous les trois dans la matinée entre neuf heures et midi, je n'en sais pas plus. Vous pouvez venir au

Château dès que vous êtes prêtes, nous partirons tous ensemble, si vous êtes d'accord bien entendu.
Érine et Sandrine sont troublées. Elles se regardent puis Sandrine acquise avec la tête.
— D'accord papa, nous venons toutes les deux au Château, confirme Érine.
— Bien, à tout à l'heure. Bisous.
Cédric raccroche, il ne lui reste plus qu'à attendre qu'elles arrivent.
Érine et Sandrine sont prises de panique. Autant l'une que l'autre, leurs mains tremblent, leurs jambes semblent ne plus les porter, tout cela ne présage rien de bon.
Chacune à leur tour, elles passent à la salle d'eau en faisant le plus vite possible, il n'y aura pas de maquillage aujourd'hui.
Sandrine prévient l'université de son absence, Érine en fait autant. Elles sont prêtes pour partir.
Aucunes d'elles ne parlent dans la voiture, c'est l'angoisse totale !
Lorsqu'elles arrivent au Château, Cédric est derrière la porte vitrée à attendre comme s'il était là depuis des heures, l'air sérieux et inquiet.

Il sort pour les accueillir, la tension est palpable. Sandrine reste de marbre face à lui.

— Entrons boire un café en attendant qu'il soit l'heure de partir, propose Cédric.

Édith et Marie sont en cuisine.

Elles sont surprises de voir les filles si tôt un jour de semaine, mais surtout, c'est la présence de Sandrine qui étonne.

Il y a quelque chose qui n'est pas normal. Les deux employées se regardent d'un air inquisiteur.

Après les salutations, Cédric demande à Marie d'apporter le café au salon, il est à peine huit heures quinze.

Il est temps de partir au Centre Hospitalier de Saint Nazaire.

Personne n'ose parler. Le trajet semble durer une éternité.

Cédric annonce leur arrivée à l'accueil, le médecin ne devrait pas tarder à venir les chercher.

L'heure de vérité a sonné !

Le cabinet du docteur est sobre, quelques photos de famille sont posées sur le bureau mais également des dossiers éparpillés un peu de partout.

— Installez-vous je vous prie, dit-il en présentant quatre chaises alignées devant lui.

Il remonte ses lunettes correctement puis se racle la gorge. Il avance ses deux mains sur son bureau et les posent les doigts croisés. Son air est sérieux.

— L'état de Stéphanie s'est dégradé dans la nuit. Comme vous le savez, plusieurs de ses organes vitaux ont été touchés. Malheureusement, j'ai l'immense regret de vous annoncer que nous n'avons pas réussi à la stabiliser. Elle est décédée à quatre heures quarante-trois minutes ce matin. Je vous présente mes sincères condoléances.

Érine et Sandrine poussent un cri de douleur insoutenable, elles se blottissent l'une contre l'autre. Elles ont le sentiment d'étouffer, leur cœur est totalement brisé !

Cédric ne peut contenir ses larmes, il pose sa tête entre ses mains, les coudes en appuis sur ses jambes. Pour la première fois, il craque totalement.

Après une pose de quelques minutes, le médecin reprend :

— Notre équipe reste disponible si vous ressentez le besoin de quoi que ce soit.

N'hésitez surtout pas. Sachez qu'elle n'a pas souffert. Souhaitez-vous vous recueillir auprès d'elle avant son transfert dans la chambre mortuaire de l'hôpital ?
Cédric relève la tête et acquise. Il se redresse et se positionne devant ses filles. Il dépose ses mains sur l'épaule de chacune d'entre elles.
— Venez mes chéries, allons voir maman.
Comment se relever après une telle annonce ?
Érine et Sandrine n'ont plus de force, leur corp les abandonne. Elles ont besoin de leur père, il n'y a aucun doute là-dessus.
Le médecin les accompagne jusqu'à la chambre. La porte s'ouvre, il n'y a aucun bruit, les appareils ont cessé de fonctionner.
Stéphanie est allongée sur ce lit d'hôpital, elle parait si sereine. Son visage est apaisé, un petit sourire au lèvre comme si elle s'était endormie en rêvant. Elle ressemble à un ange.
Sandrine s'approche la première, elle dépose un baiser sur le front glacé de Stéphanie. Sandrine n'a jamais ressenti un tel froid. Elle lui glisse un dernier message au creux de l'oreille :
— Au revoir ma maman, je t'aime tendrement. Tu resteras pour l'éternité dans mon cœur et mon âme.

Puis elle retourne au côté de Cédric.

Érine effectue les mêmes gestes que Sandrine, elle est tout aussi affectée par ce dernier baiser, ses derniers mots...

— Au revoir maman, je t'aime tant. Tu m'accompagneras toute ma vie. Je ne t'oublierai jamais.

Au tour de Cédric, il se penche vers son épouse, il ne sent plus son souffle. Il caresse tendrement les cheveux de Stéphanie puis il pose un dernier baiser sur ses lèvres. Il n'arrive pas à se retirer de cette bouche qu'il a tant de fois embrassé.

Cédric se sent tellement responsable, ses mains tremblent. Il regrette de l'avoir trompé. Ses sentiments sont mélangés entre douleur, culpabilité et amour.

Cédric se relève et se dirige vers le médecin.

— Quelle sont les démarches à effectuer ?

Le docteur explique qu'il faut contacter le centre funéraire aujourd'hui, qu'ils se chargeront de la prise en charge des démarches administratives pour l'enterrement de Stéphanie.

Cette journée restera bien marquée dans les annales.

15

ADIEUX

Le cortège arrive devant l'église de Pontchâteau, il y a foule au porte de l'entrée. Les cloches sonnent, elles retentissent à des kilomètres à la ronde.
Cédric, Érine, et Sandrine avancent lentement derrière le corbillard, la tête baissée en se tenant fermement la main. Juste après eux, les parents de Stéphanie et Sylvain qui sont suivis par tous leurs proches dont la plupart portent des lunettes de soleil.
Pourtant le temps est morose, de grands nuages blancs défilent dans le ciel.
Le véhicule des pompes funèbres s'arrête aux pieds des marches. Quatre hommes vêtus de noir sortent, l'un d'eux ouvre la porte arrière, le cercueil apparaît orné de bouquets de fleurs. Certains portent le message « à notre maman bien-aimée », « à ma douce épouse », « à notre fille chérie » ... De multiples déclarations d'amour.

Stéphanie réalise son dernier voyage en compagnie de toutes les personnes qui l'affectionnent. Elle n'aurait pas aimé les voir pleurer mais comment réagir autrement ?

La perte d'un être cher est difficile à supporter, s'imaginer son lendemain sans sa présence est quasi impossible. D'autant plus lorsqu'il s'agit d'une personne sans problème de santé particulier qui tombe soudainement malade.

Stéphanie aura bien combattu, elle aurait dû succomber ce fameux dimanche, mais au lieu de cela, elle a essayé de survivre encore quelques semaines.

L'intérieur de l'église est décoré de fleurs blanches de toute part. À l'entrée du cortège, les premières notes du titre « See My Love » d'Ulrich FORMAN résonnent, il est l'un de ses artistes préférés. Deux longues minutes qui vont permettre à tous de se retrouver face au cercueil de Stéphanie pour un dernier Adieu.

La cérémonie religieuse commence dans la tradition ancestrale, entre lecture de versets bibliques et chants religieux. Les sanglots essayent d'être discrets, en vain.

L'église est remplie, beaucoup sont devant la grande porte en bois massif ou sur le pavé de l'extérieur.

C'est le moment de parole destiné aux proches. Seulement Érine et Sandrine s'adresseront à Stéphanie devant cette assemblée. Des mots, leurs mots dédiés à leur mère qu'elles ont posé ensemble sur une feuille de papier.

Elles sont vêtues d'une longue robe noire identique, ornée de dentelle à l'encolure ainsi qu'aux manches longues. Un léger voile sombre coiffe leurs cheveux relevés en chignon, elles sont si belles même dans un tel moment de douleur intense. Elles montent ensemble les quelques marches qui les mènent au micro. Cela leur demande un effort surhumain qui malheureusement fait partie de la vie.

Sandrine prend la parole, ses mains tremblent, elle n'ose lever les yeux vers l'assemblée. Il est prévu qu'elle lise les premières lignes puis Érine finira le texte.

Sa voix tremble, sa gorge est noueuse.

— Notre chère Maman, nous sommes réunis en ce jour pour t'adresser nos derniers adieux. Toi qui nous as aimé plus que tout, Toi qui nous as relevé à chacune de nos chutes...

Elle s'effondre en larme, il lui est impossible de continuer. Érine l'a prend dans ses bras, elles pleurent l'une contre l'autre, mais il faut se ressaisir, cette lettre est importante.
Érine s'avance alors vers le micro et reprend la lecture.
— Toi qui nous a guidé tout au long de notre enfance, de notre adolescence et de notre vie de femme, Toi qui as su avancer avec raison et sagesse, Toi qui as réussi à atteindre tes objectifs avec papa à tes côtés...
Sa voix se perd, les mots ont dû mal à sortir mais Érine se doit d'aller au bout de cette lettre, la dernière lettre.
Elle émet une longue inspiration puis reprend.
— Toi qui devait m'aider aux préparatifs de mon mariage, Toi qui n'assisteras pas à notre remise de diplôme, Toi qui ne connaitras jamais nos enfants, à Toi Maman, nous souhaitons te dire que tu resteras gravée dans nos cœurs pour l'éternité, nous garderons en mémoire ton doux sourire, nous suivrons ton exemple, nous raconterons à nos enfants oh combien tu étais formidable. Mais surtout, nous te remercions pour tout, Toi, notre Maman éternelle.

Érine et Sandrine quitte le pupitre pour laisser place à une dernière prière puis à un ultime chant religieux « Chez Nous Soyez Reine ».

Chacune des personnes présentent s'avance vers le curé pour recevoir l'hostie et adresser leur condoléance à Cédric, Érine, Sandrine et les parents de Stéphanie venus se placer devant le cercueil.

Le visage de Cédric est fermé, il retient ses émotions au plus profond de lui-même, pourtant son cœur est brisé, il est dévasté par les récents évènements.

Deux enquêteurs de la police judiciaire sont positionnés dans l'angle gauche proche des marches qui mènent vers le micro depuis le début de la cérémonie. Ils observent attentivement le comportement des personnes, plus particulièrement ceux intimes avec Stéphanie. Ils n'ont toujours aucunes pistes, aucun élément les relayant à l'assassin, ou les assassins.

L'intitulé a changé, désormais, il s'agit de meurtre.

Le cercueil finit son voyage au crématorium de Saint-Nazaire accompagné uniquement de la famille de Stéphanie et de sa meilleure amie

Ophélie qui est restée bien discrète tout le long de la cérémonie religieuse.
Est-ce par respect pour la famille ?
Est-ce par pudeur ?
Pourtant Ophélie connait Stéphanie depuis l'enfance. Elles étaient si proches.
Malgré cette amitié sacrée, elle ne s'est pas imposée au près de Cédric et les filles. Ils savent qu'elle est là pour les soutenir de toute façon.
Le cercueil de Stéphanie s'enflamme rapidement dans ce feu intense. Elle disparait physiquement à jamais mais son souvenir restera présent dans l'esprit de toutes les personnes qui l'ont aimé.

16

VERDICT

Voilà presque une année d'écoulée depuis l'enterrement de Stéphanie.
Vu que les perquisitions et les gardes à vue n'ont rien donné, les enquêteurs ont décidé de procéder autrement. Ils se sont mis à la place de l'acheteur du poison.
De nos jours, il est très difficile de se procurer de l'arsenic tel qu'on le connait, c'est-à-dire en poudre.
Néanmoins, il existe un endroit via internet où tout est possible : le Darknet. Il suffit de télécharger le navigateur Tor et d'effectuer une recherche.
Ce fût minutieux et long mais le résultat est là, enfin une piste fiable, une preuve indéniable.
Après avoir enquêté sur tous les vendeurs internationaux qui propose le poison en poudre et qui livrent en France, l'assassin de Stéphanie est désormais identifié.
Il est tant de mettre un terme à cette histoire dramatique !

Les enquêteurs n'en reviennent pas, jamais ils n'auraient imaginé qu'il s'agisse de cette personne. Ils se sont trompés dès le début.

Le Juge d'instruction autorise à la Police Judiciaire de procéder à la perquisition du domicile de la meurtrière ainsi qu'à son arrestation.

Les policiers se préparent pour le lendemain matin qui sera, pour eux, un jour de satisfaction professionnelle.

Ils ont quarante-huit heures pour la faire avouer.

Comment va réagir la famille de Stéphanie à l'annonce du nom de la coupable ?

Le crépuscule à peine levé, il est temps d'embarquer pour Nantes.

Les enquêteurs possèdent la clef de l'immeuble grâce au concierge, ils montent le plus silencieusement possible jusqu'à l'appartement concerné.

Aucun bruit n'est perçu sur le seuil de l'entrée.

La sommation d'ouvrir est annoncée.

La porte s'ouvre, les policiers s'engouffrent rapidement dans le logement. Elle n'a pas le temps de comprendre qu'elle se retrouve les menottes aux poignets.

— Madame, vous êtes en état d'arrestation pour le meurtre de Stéphanie. Vous avez le droit de garder le silence. Si vous renoncez à ce droit, tout ce que vous direz pourra être et sera utilisé contre vous devant une cour de justice.

À ce moment précis, elle a compris que c'est fini. Les cheveux en bataille, dans son vieux pyjama en coton qui date d'une autre époque, Ophélie ne dit pas un mot. Son visage est fermé.

La perquisition du domicile commence sans aucun ménagement.

L'ordinateur et le téléphone sont mis sous scellé. Toutes les preuves d'achats seront traçables grâce aux nouvelles technologies, rien ne disparait définitivement.

Quant à Ophélie, elle garde la tête baissée tout le temps que durent les investigations.

C'est en pyjama qu'elle sera emmenée en garde à vue.

Une question taraude les enquêteurs, pourquoi a-t-elle tué sa meilleure amie ?

Répondra-t-elle à cette interrogation ?

Bientôt, ils découvriront si Ophélie est en mesure d'avouer son acte.

De toute façon, même sans ses aveux, ils ont des preuves incontestables. En plus, ils sont certains que l'ordinateur, ou le téléphone, vont confirmer les charges qu'ils détiennent déjà.

Ophélie entre dans une salle pour être interrogé une première fois. Deux policiers de la PJ sont présents. L'un assis devant un ordinateur et un dossier, l'autre est debout, dos contre le mur, les bras croisés. Leur regard est sombre, il en dit long sur leur humeur du jour.

Celui qui va procéder à l'interrogatoire se racle la gorge avant d'annoncer la procédure en cours.

Ophélie a décidé de ne répondre à aucune des questions sans la présence de son avocate. Elle sait qu'elle risque beaucoup dans cette affaire. Il s'agit de meurtre volontaire, ce n'est pas anodin.

Ophélie préfère consulter sa défenseuse pour connaître la meilleure façon d'agir face à la justice plutôt que de commettre une erreur qui pourrait la condamner à perpétuité.

Les enquêteurs se retrouvent devant une personne silencieuse. Les seuls mots qui sortent de sa bouche sont :

— Je ne dirai rien sans la présence de mon avocate.

Ils comprennent vite qu'ils devront reprendre dès que l'avocate sera disponible.

Dans la matinée, Maître Verdier se présente à l'accueil, elle représente Ophélie. L'attente est longue.

Il est déjà midi quarante-cinq lorsque, enfin, Maître Verdier a le dossier d'Ophélie entre les mains. Elle est ensuite conduite dans un petit bureau pour s'entretenir avec sa cliente.

— Bonjour Ophélie, je n'ai pas encore lu votre dossier, vous permettez que j'en prenne connaissance rapidement ?

Ophélie acquise de la tête, elle est anéantie. Elle n'a même pas pu s'habiller correctement, elle est là dans son vieux pyjama. Elle vient de prendre conscience qu'elle va être derrière les barreaux pendant de nombreuses années.

Après plusieurs minutes, l'avocate relève la tête et s'adresse à Ophélie sans grande conviction.

— Bon, alors, d'après votre dossier, la PJ détient des preuves incontestables qui seront certainement validées par l'étude de votre ordinateur ou de votre téléphone. Votre défense va être compliquée. Mon premier conseil est d'avouer les faits, votre culpabilité ne fait aucun doute. Il serait également préférable que vous exprimiez des regrets. Maintenant, j'aimerais entendre votre version des faits avant d'aller dans la salle d'interrogatoire.

Ophélie raconte en détail la manière dont elle a empoisonné Stéphanie, elle essaye d'expliquer son geste en énonçant des motifs qui n'ont aucun sens en fin de compte.

Comment peut-on détruire sa meilleure amie en restant à ses côtés pour la soutenir ? C'est paradoxal !

Maître Verdier annonce la fin de l'entretien et se dirige vers la porte. Elle va à l'encontre des enquêteurs pour procéder à la déposition des aveux d'Ophélie.

Les policiers sont soulagés. Enfin, ils vont avoir le fin mot de cette sordide histoire !

Ophélie leur a donné du fil à retordre !

Après les questions d'usage, l'enquêteur entre dans le vif du sujet.

— Depuis quand connaissez-vous Stéphanie ?

— Depuis la maternelle, plus précisément la grande section, nous avions cinq ans.

— Comment décririez-vous votre relation avec Stéphanie ?

— Nous sommes comme deux sœurs. Elle est ma confidente et réciproquement.
Les questions s'enchaînent, puis le moment d'expliquer son geste arrive.
— Stéphanie a réalisé ses rêves. Elle a deux magnifiques filles que je considère comme les miennes. Elle a un mari qui l'aime, du moins je croyais que c'était le cas mais bon, il l'a quand même trompé. Elle vit dans un château. Quant à moi, j'ai pratiquement tout perdu ! J'ai voulu prendre sa place. Je me suis dit que si elle disparaissait, je pourrai m'occuper de sa famille, de son château, de son magasin, raconte-t-elle la tête baissée.
Ce qui trouble les enquêteurs, c'est qu'Ophélie parle de Stéphanie au présent alors qu'elle est décédée voilà presque un an.
L'enquêteur lui demande de quelle manière a-t-elle procédé pour empoisonner Stéphanie ?
— Cédric part régulièrement pour voir ses clients. Juste avant Noël, il s'est absenté du lundi au mardi soir, Stéphanie m'a proposé de venir dormir, ça faisait un petit moment que nous n'avions pas passé une soirée ensemble. Je suis donc arrivée vers quatorze heures, je me suis installée dans la première chambre d'amie,

celle qui se situe au-dessus de la cuisine, puis nous sommes sorties faire du cheval. Quand nous sommes revenues, nous sommes montées nous laver et nous changer. C'est à ce moment là que j'ai pu mélanger l'arsenic à son parfum. J'ai profité que Stéphanie soit sous la douche pour ouvrir son flacon en verre de sa grand-mère et verser le poison. Stéphanie ne supporte pas le parfum sur sa peau, je sais qu'elle le vaporise directement sur ses vêtements, je savais donc qu'elle n'aurait pas de réaction sur sa peau dû au contact directe de l'arsenic. Je suis ensuite retournée dans la chambre pour me doucher et m'habiller. Nous avons passé la soirée à papoter puis le lendemain, nous sommes parties toutes les deux en même temps après le repas du midi. J'ai décidé de mettre du poison également tous les mardi dans son assiette vu que nous mangeons ensemble. Il a suffi de quelques jours d'inhalation de son parfum pour que les premiers signes apparaissent, les maux de têtes, les sinus infectés, la respiration difficile...
Ophélie fait une pause, elle s'arrache la peau autour de ses ongles depuis un petit moment. Le sang commence à couler, elle porte ses

doigts à la bouche un instant puis reprend la suite de ses aveux.

— Au début, je dosais légèrement, puis en février, j'ai augmenté le dosage. Stéphanie ne digérait plus certains aliments dont le café. Le jour de l'incident, je suis arrivée chez Stéphanie en début d'après-midi. Elle m'attendait avec Sandrine à l'extérieur. Nous nous sommes installées dehors sur sa terrasse, Stéphanie voulait profiter des rayons de soleil malgré le froid. Cédric nous a rejoint puis il est parti faire du cheval avec Sandrine. Nous étions toutes les deux assises à l'extérieur, elle m'a proposé de me resservir un café si je voulais, puis je lui ai demandé si elle voulait reboire une infusion. Stéphanie est rentrée chercher des papiers, j'en ai profité pour verser dans sa tasse l'arsenic. Ça agit très vite, en quelques instants elle a eu des tremblements puis elle a vomi et elle est tombée d'un coup sec au sol.

Ophélie ne lève jamais la tête, elle continue de s'acharner sur la peau de ses doigts. Le récit est glaçant.

Les questions sont désormais orientées vers la façon dont Ophélie s'est procurée l'arsenic. Tout est limpide.

Elle a entendu parler du Darknet, elle a effectué plusieurs recherches puis elle a fini par trouver ce qu'elle voulait tout simplement. D'ailleurs, Ophélie a été surprise par toutes les choses qui se vendent via le Darknet.

Après un long interrogatoire qui a duré plusieurs heures pour n'omettre aucun oubli, l'enquêteur l'informe qu'elle va être référée devant le Juge d'instruction puis placée en détention provisoire jusqu'à son jugement.

Ophélie confie les clefs de son logement à Maître Verdier pour qu'elle lui rapporte un sac de vêtement et tout le nécessaire autorisé en détention.

Au vu des aveux, la PJ est vraiment satisfaite, les enquêteurs doivent maintenant informer Cédric et ses filles que la coupable sera jugée prochainement, un moment difficile.

Lors de l'annonce de la nouvelle, la famille de Stéphanie est sous le choc.

Cédric, Érine et Sandrine tombent de très haut.

Eux qui connaissent Ophélie depuis toujours.

Qui aurait pu se douter qu'Ophélie était, à ce point, jalouse de Stéphanie ?

Le verdict tombera dix-huit mois plus tard après plusieurs jours d'audience à la cour d'assise de Nantes.

Ophélie est condamnée à la réclusion criminelle à perpétuité assortie d'une période de sureté de vingt ans.

La famille est sortie de ce jugement anéantie mais soulagée.

Le deuil peut réellement commencer.

17

CONCLUSION

Il y a quelques mois, Cédric a décidé de quitter son domicile, il s'est installé vers Biarritz. Il a confié le Château à ses deux filles, Érine et Sandrine, elles l'ont transformé en chambres d'hôtes.
Sandrine continue d'y vivre les week-ends et les jours de vacances.
Érine vient de temps en temps mais elle est le plus souvent à Nantes. Elle prépare son mariage avec l'aide de Sandrine, toutefois l'absence de sa mère est difficilement acceptable. Érine prévoit un hommage à Stéphanie lors de la cérémonie religieuse, un petit texte dédié à celle qui restera à jamais dans son cœur. Elle portera le collier de perle blanche et les boucles d'oreilles assorties de Stéphanie pour l'avoir à ses côtés le jour de son union avec Sylvain.
La chambre de Cédric et Stéphanie est désormais fermée à clef, personne n'y a accès

hormis la famille. C'est Sandrine qui se charge de l'entretien de la pièce la plus part du temps. Tout est resté à sa place, les vêtements de Stéphanie, les bijoux et cætera. Un lieu de commémoration en quelque sorte.

La vie reprend son cour lentement en apprenant à vivre sans la présence de Stéphanie.

Érine et Sandrine seront bientôt diplômées, et dans quelques années, elles seront maman à leur tour.

Comment avoir confiance aux autres après une telle perte si soudaine ?

Érine et Sandrine savent qu'elles peuvent compter l'une sur l'autre, le lien qui les unies est sacré.

Quant à Cédric, il n'entendra plus jamais parler de Sandra. Il vit avec un sentiment de culpabilité éternel. Avoir trompé Stéphanie mais surtout, ne pas avoir vu qu'elle s'affaiblissait de jour en jour le hantera perpétuellement.

Catherine ne se remettra pas de ce drame. Entre l'humiliation subi lors de la perquisition de son domicile et la tristesse de ses petites filles chéries, elle ne souhaitait absolument pas la mort de Stéphanie même si une certaine animosité régnait dans leur relation belle-mère / belle-fille. Après tout c'est souvent le cas, non ?

Tous les employés du Château, hormis Sandra licenciée juste après l'hospitalisation de Stéphanie, sont restés pour assurer l'entretien et accueillir les clients de plus en plus nombreux qui viennent peut-être par curiosité. Dormir dans un lieu tel que ce Château où Stéphanie a vécu ses derniers jours peut s'avérer être une forte expérience émotionnelle pour certains, néanmoins, la grande majorité des personnes y séjournent pour la beauté et la tranquillité du lieu.

Jean-Pierre et Marie ont refusé la donation du logement de fonction. Ils préfèrent investir par leur propre moyen dans un logement secondaire en bord de mer. Cela leur permettra de passer une retraite paisible.

Que ce soit Cédric, Érine, Sandrine, Catherine, et cætera, tous ont la certitude que rien n'est vraiment parfait en fin de compte.

TABLE DES MATIÈRES

1. NOUS   page 9
2. DIMANCHE   page 22
3. NOËL   page 41
4. MALAISE   page 57
5. CÉDRIC   page 71
6. SECRETS   page 79
7. ELLES   page 93
8. AVIS   page 103
9. LETHARGIE   page 117
10. DIAGNOSTIC   page 125
11. QUI ?   page 139
12. DISCORDE   page 147
13. QUIÉTUDE   page 155
14. HOMICIDE   page 163
15. ADIEUX   page 173
16. VERDICT   page 179
17. CONCLUSION   page 191